나
의
나
된
것

나의 나 된 것

ⓒ 문미원, 2024

초판 1쇄 발행 2024년 3월 31일

지은이   문미원
펴낸이   이기봉
편집   좋은땅 편집팀
펴낸곳   도서출판 좋은땅
주소   서울특별시 마포구 양화로12길 26 지월드빌딩 (서교동 395-7)
전화   02)374-8616~7
팩스   02)374-8614
이메일   gworldbook@naver.com
홈페이지   www.g-world.co.kr

ISBN   979-11-388-2887-1 (03810)

부끄러움은 내게 사치에 불과했다

나의
나 된 것

I am what I am

문미원

좋은땅

　문미원 사모의 숨 가쁘게 달려온 믿음의 여정을 기록한『나의 나 된 것』
은 간증의 글을 감명 깊게 읽었다. 그녀에게 환난의 역풍이 몰아닥친 그
젊은 시기에 그녀의 삶을 지켜보며, 함께 은혜를 나누며, 복음 사역에 함
께하기도 했었다. 그 시절 그녀의 삶의 행적을 이 책을 통해 다시 보는 가
운데 그리고 그 이후 그녀의 삶을 기록한 이 책에서 적지 않은 교훈과 도
전을 받는다.

　문미원 사모의 삶은 그녀가 이 책 곳곳에서 언급한 바대로 성경 말씀을
이루며, 말씀을 경험하며, 말씀을 나타내는 삶이었다. 이를 인하여 참으
로 하나님께 감사하며 영광을 돌린다.

　대저택 주인의 딸에서 어느 날 갑자기 사글세 단칸방에서 여섯 식구가
살아야 하며 학업을 중단해야만 하는 가난한 처지가 되었지만, 하나님은
그녀로 하여금 절망하거나 주눅이 들지 않게 하시고 그녀를 믿음의 길로
인도하셨다. 믿음 생활의 초기부터 '세상의 빛'으로 살고자 하는 열망을
주셨다. 일상의 삶에서 활기찬 모습으로 주변 사람들을 도우며 복음을
전하며 과연 빛으로서 역할을 수행하게 하셨다.

　이 책에 기록된 대로 직장에서나, 가정에서나, 교회에서나 그녀는 빛
된 생활을 하며 이런 원색 신앙을 분명히 나타내어 주위 사람들이 염려하

거나 반발할 정도였다. 그로 인해 야기될 여러 문제를 하나님은 친히 해결하여 주시고 형통케 하시고 오히려 주변 사람들의 인정을 받게 하시고 그녀의 모든 필요를 채워 주셨다. 가족의 생계를 도울 뿐만 아니라 동생들의 학자금의 필요도 채워 주곤 하였다.

그녀의 자녀, 자손들에게 믿음의 유산을 남기고자 쓴 이 책의 간증이 그녀의 자녀 손들에 뿐만 아니라, 이 책을 읽는 모든 이들에게 크나큰 믿음의 격려와 교훈을 줄 것을 믿으며 소망한다.

이승원 목사
뉴욕천성교회 원로목사

내가 미국 헤티스버그(Hattiesburg)의 USM(Univ. of Southern Missis-sippi)에서 박사 과정을 하느라 하루하루를 힘들게 보내던 어느 날이었다. 학교 아파트 전화기를 통해 "혹시 김병길 씨인가요?"라고 묻는 낯선 목소리에 당시 한국 학생 회장을 맡고 있던 나는 우리 학교로 유학 올 유학생이라 생각했다. "누구신가요?"라는 나의 질문에 뜻밖에 "저는 잭슨(Jackson)에 있는 신학대학교에서 공부하는 전도사인데 만나 보고 싶습니다."라는 답이었다. 그것이 당시 전도사이셨던 김성건 목사님과의 첫 만남이었다.

이번에 사모님이 책을 내신다는 원고를 읽으며, 벌써 40년 가까운 시간의 아련한 추억 속으로 빠져들었고, 70세가 다 된 지금까지의 내 모습을 반추하게 된다.

나도 30년 동안 교수 생활을 통해 글을 쓴다는 것과 책을 낸다는 것이 얼마나 힘들다는 것은 잘 알고 있다. 하지만 지금까지 사모님의 하나님과 사랑한 경험을 단지 개인적 만족으로 그칠 것이 아니라 다시 한번 힘을 내셔서 하나님 나라를 전파하는 책으로 도전하시길 기원하는 바이다.

나의 나 된 것

나는 이 책이 단지 목사님 가족들과 지인들에게 사모님의 신앙을 고백하는 자서전으로 그치는 것을 바라지 않는다. 사모님 글 안에 박힌 보석들이 그냥 묻히기보다 세상에 드러나 하나님의 진정한 모습을 모르거나 알더라도 도망가고 싶은 이들에게 날카로운 찔림이 되는 지침서가 되기를 원한다.

김병길 박사(전 건국대학교 교수)
지구촌교회 목자장

40여 년 전, 미시시피 주 해티즈버그의 작은 마을에서 유학 생활을 하던 시절, 저는 김성건 목사님 내외의 헌신적인 목회에 감동받았습니다. 그 헌신 덕분에 많은 유학생들과 주민들이 예수님을 만나고 신앙적으로 성숙해질 수 있었으며, 그 지역의 한인 사회가 잘 자리 잡을 수 있었던 것으로 기억합니다.

　이번에 김성건 목사님의 사모님께서 지난 70여 년의 삶을 정리하여 『나의 나 된 것』이라는 자서전을 출간하셨습니다. 이 책은 사모님께서 살아오면서 겪으신 다양한 고난의 시간과 그것들을 극복하면서 경험하신 하나님과의 신실한 교제를 소개하고 있습니다. 고난을 통해 예수님을 만나며 '나의 나 됨'의 기나긴 여정에 대한 이야기입니다.

　인생에서 접했던 많은 고통의 순간에 인간적인 해결 방법을 찾기보다는 눈물과 간구로 하나님께 의지하며 살아오신 사모님의 지난 여정은 우리에게 많은 도전과 감동을 줍니다. 또한, 그 가정에 허락하신 축복들을 살펴보며 우리도 앞으로 남은 인생을 하나님께 의지하며 헛되지 않게 살아야겠다는 다짐을 해 봅니다.

물질문명에 휩싸여 빠르게 변해 가는 세상을 살아가는 현대인들은 고난이 닥칠 때 쉽게 절망하며 포기하기 쉽습니다. 하지만, 이 책을 통해 하나님이 어떻게 우리의 고난을 해결하시는지, 하나님이 예비해 놓으신 축복이 얼마나 크신지를 알게 될 것으로 기대합니다.

이 책은 고난 속에서도 하나님을 의지하며 믿음으로 살아가는 모든 이들에게 큰 위로와 용기를 줄 것이라 믿습니다. 이 책이 많은 분들에게 읽히고, 그들의 삶에 귀한 빛과 소금이 되기를 바랍니다.

이영관 집사
성균관대 교수

나는 할머님과 부모님께 순종하는 것만이 나를 나 되게 하는 것이라 믿었다. 그리고 그 같은 생각이 나의 고등학생 시절까지 나를 온전히 이끌었다. 가정의 풍요함으로 어려움과 부족함 없이 살던 내게 '고난'이라는 단어는 무척 생소했다. 아니, 존재하지 않았다고 하는 게 맞다.

그러나 내게는 낯설기만 했던 고난이 내게, 가정에 들이닥쳤다. 그것도 아무 예고도 없이. 적어도 내게는 말이다. 그 순간, 고난은 나를 당황하게 했다. 슬프게 했다. 울게 했다. 익숙지 않은 고난이란 옷은 내게 전혀 맞지 않았다.

그러나 고난과 나의 관계가 이쯤에서 멈추었다면 나는 세상에서 가장 슬프고 불행한 존재 중 하나가 됐을 것이다. 그리고 부모를 포함하여 타인과 환경, 그리고 운명을 원망하고 내내 살았을 것이다.

내가 고난의 옷을 안간힘을 다해 벗어서 저 멀리 던지려 했다면 나는 분명코 실패했을 것이다. 그리고 고난은 내 옆에서 언제까지나 서성대다 다시 나를 찾아올 것이다. 더 강력하고 파괴적으로.

그러나 고난과 친구가 된다면 어떨까. 그래도 고난이 나를 파멸의 길로 몰고 갈까?

고난을 친구 삼아 고난에 익숙하게 살아가던 어느 날, 고난이 내 눈을 뜨게 했다. 나를 치료하기 시작했다. 고난을 통해 나를 찾아온 예수님을 받아들이며 '나의 나 됨'의 여행이 시작됐다.

눈에 보이고 손에 잡히는 것만이 삶의 모든 것이 아님을 확신한 후, 나는 눈에 보이지 않지만, 영원한 것을 위해 한 걸음씩 앞으로 나아갔다. 내 앞길에 비바람, 그리고 눈보라가 몰아쳐도 나는 나의 길을 굳건히 갔다.

이 책은 바로 '나의 나 된 것'이 되기 위해 내가 걸어온 '나의 길'로 들어서기 전과 후에 대한 기록이다.

한 치의 앞날을 예측할 수 없는 시대에 사는 우리. 그리고 자녀들과 그들의 자녀들에게 내가 만난 그분, 예수님을 소개해야만 한다는 절실함과 절박함이 나로 하여금 컴퓨터 자판을 두드리게 했다.

나의 부족한 글의 편집은 물론, 내가 글을 쓸 수 있도록 내게 용기를 불어넣고, 아낌없는 격려로 나를 일으켜 세운 남편에게 감사를 표한다.

끝으로 본서에 기록된 개인 이름들, 회사명에 대해 미리 양해를 구하지 못했음을 아쉽게 생각한다.

"나의 나 된 것은 하나님의 은혜로 된 것이니
내게 주신 그의 은혜가 헛되지 아니하여"(고전 15:10)

·차례·

| 나의 나 된 것 1 | ## 기적 다섯

| 나의 나 된 것 2 | ## 휴학

| 나의 나 된 것 3 | ## 좋은 곳

기적 다섯

1. 결혼: 기적 다섯

1981년 성탄절 즈음에 미국에서 성탄절 카드가 교회로 왔다. 알지 못하는 발송인이었다. 당시 안병호 목사님이 미국으로 유학 가셨는데, 목사님과 같은 주소인 미시시피주 잭슨에서 온 것이었다.

곧바로 강성애 사모님께 카드를 들고 가서 여쭈어보았지만 모르고 계셨다. 나는 교회에서 모임을 가지면 참석자들의 이름과 나눈 대화 등을 요약해서 수첩에 적어 놓곤 했다. 그 수첩에서 이름과 전자공학과 학생이었음을 찾을 수 있었다.

1977년 교회에서 여름 수양회를 위해 준비하고 있었다. 나는 한 학생이라도 더 참석시키려 학생들을 찾고 있었다. 바로 그때 학교 언덕에서 세 명의 남학생이 내려오고 있었다. 나는 그들에게 다가가서 "교회에 다니세요?" 하며 예수님 이야기를 시작했다. 두 명은 벌써 도망갔고 한 명만 남았다.

우리는 근처 의과 대학 앞 의자에 앉았다. 나는 간단한 간증과 함께 그에게 여름 수양회 참석을 권했다. 그러나 그는 다니는 교회 수양회에 참석해야만 한다고 했다. 그는 여름 수양회 참석은 하지 않았지만, 가을 학

나의 나 된 것

기에 교회에 한 번 왔고, 한양회관 모임에도 참석했다.

이 같은 만남 후, 거의 5년 만에 나는 그로부터 성탄절 카드를 받은 것이다. 그러니 그 형제님을 기억하기란 쉽지 않았다. 카드에는 자신이 신학교에 다니고 있음과 오래전 의과 대학 의자 앞에서의 나눈 대화를 잊지 않고 있음이 적혀 있었다.

이처럼 모든 것을 기억해 낸 후, 나는 두 달 후 형제님께 답장을 보냈다. 그러나 내가 편지를 보냈지만, 그로부터 답장이 곧바로 오지는 않았다. 그리고 또 두 달이 지났다.

1982년 4월 부활절 즈음에 미국에서 답장이 왔다. 결혼 신청 편지였다. 상상도 못 한 일이 일어나고 있었다. 결혼을 위해서 서로의 조건을 따지고, 호구 조사 등을 할 필요도 없다는 것이었다. 서로에게 성경책 하나면 넉넉하다는 것이었다.

다음은 1982년 4월 16일에 김 형제님이 내게 보낸 결혼 신청 서신에서 발췌한 내용이다.

"미원 자매님, 예수 안에서 서로를 사랑하며, 세월을 아끼며, 최선을 경주하여 하나의 불멸의 탑을 함께 쌓아 올리지 않으시렵니까?
짧디짧은 인생에 두 개의 그림을 그릴 시간이 없습니다. 그 이상은 생각조차 할 수 없습니다. 국전에 출품할 그림도 아니고, 그 어떤 유명 화랑에 전시할 그림도 아니고, 오직 하늘나라에 출품

할 그림을 저와 함께 그립시다. 여기 평생 저의 좌우명을 드립니다. "너희는 먼저 그의 나라와 그의 의를 구하라, 그리하면 이 모든 것을 너희에게 더하시리라!"(마 6:33) 아멘.
(중간 생략)

저는 1977년 군 제대와 함께 주의 뜻에 합한 자매를 위한 기도를 시작했습니다. 이를 위해 기도할 때마다 주님은 '환난을 통과한 자매'를 예비해 주신다고 응답하셨습니다. 그 후 계속해서 이를 위해 기도할 때마다 내 영은 기쁨으로 가득 찼습니다. 어떤 자매인지 이름도, 주소도, 나이도, 환경도 모르지만, 전혀 걱정되지 않았습니다. 온전한 안심만이 제게 가득했습니다.

작년 7월, 신학교 가기에 앞서 며칠 금식하던 중, 저의 결혼 문제를 위해 기도할 때 갑자기 문 자매님의 간증이 떠올랐습니다. 처음에는 지나쳤지만 이런 일이 몇 번 되풀이되자 그냥 지나칠 수 없었습니다. 그러나 자매님의 주소를 포함하여 연락방법이 전혀 없는 가운데 주께 기도했습니다. 만일 이것이 주님의 기뻐하시는 뜻이라면 문을 열어 주시옵소서…….
(중간 생략)"

나는 사모님과 당시 담임목사님이셨던 김육진 목사님에게 편지를 보여 주면서 조언을 구했다. 인생에 있어서 '결혼'은 결코 간단하고 쉬운 문제가 아니기에 이를 위해 나 또한 40일을 아침마다 금식하며 기도했다.

나의 나 된 것

"당신은 수산에 있는 유대인을 모으고 3일 동안 금식하고 나를 위해 기도해주시오. 나도 시녀들과 함께 금식하고 난 후 규례를 어기고 왕에게 나아가리니 죽으면 죽으리다"(스 4:16)

에스더의 고백처럼 나에게 이 결혼도 하나님이 내게 주신 기적이라 생각하며 의심 없이 받아들였다.

그 후 7월, 안병호 목사님은 여름 방학을 이용해 편지와 사진을 갖고 나오셨다. 사진을 보고서야 김 형제에 대한 기억을 새롭게 할 수 있었다.

편지 내용을 읽고 더 놀라운 사실을 발견했다. 남편은 1980년 1월 1일 부모님과 친척들이 계시는 L.A로 이민 갔다. L.A에 도착 후 공부를 더 할까 사업을 할까 하다 전자조립회사를 차렸다. 아마 한양대학교 전자공학과를 졸업했기에 가능했던 것 같다. 그러나 잘될 것만 같았던 사업이 미국 사회를 전혀 모르고 시작한 사업이었기에 얼마 가지 못해 실패의 길로 들어섰다.

부모님 집을 담보로 은행에서 돈을 대출받아 사업을 시작했지만, 직원들 봉급으로 빚은 불어났다. 결국, 어려움에 남편은 사업을 접었다. 그 후 남편은 교회 금요 철야기도에 집중했다. 어느 금요일 밤, 기도하던 중 남편은 "하나님의 부름에 따르겠다."라고 부르짖었고, 이에 하나님은 즉시 남편을 주의 종의 길로 부르셨다.

이같이 남편이 금요철야 기도 중 하나님의 부름을 받아 신학교에 가기로 한 후 남편은 생각했다. 그곳에 가면 한국인을 만나기 힘드니, 앞으로 어떻게 결혼 상대를 찾을 수 있을까?

남편은 이를 위해 기도했다. 바로 그때 5년 전 한양대학교 의대 앞 의자에서 간증을 나누었던 그 자매의 모습이 떠올랐다. 그 자매는 신앙을 포함해 모든 것이 완벽해 보였던 자매였던 것이 기억났다. 그러나 그 자매의 이름도, 주소도 아무것도 몰랐다. 도저히 연락할 방법이 없었다.

그래서 남편은 하나님께 기도했다. "이것이 만일 당신의 뜻이면 그대로 이루어 주실 줄 믿습니다." 기도 후 모든 것을 하나님께 맡겼다. 그 후 남편은 동생과 함께 차로 미시시피주에 있는 잭슨시에 와서 공부를 시작했다.

그런데 그곳에도 리폼드 신학교에서 공부하는 한국 신학생들이 중심이 된 한국 교회가 있음을 알게 됐다. 남편이 그 교회에서 두 번째 예배를 드릴 때 광고 시간이었다. 당시의 담임목사였던 김영진 목사님이 광고했다. 오늘 한국에서 이곳으로 공부하러 오신 목사님 한 분을 소개한다고 했다.

남편은 이 말을 듣는 순간부터 가슴이 뛰기 시작했다. '오늘 한국에서 이곳에 공부하러 오신 분은 분명히 남편이 기도로 응답받았던 그 자매'와 연결됐으리라.

아니나 다를까. 한국에서 이곳 신학교에 공부하러 오신 분, 지금 김영진 목사님이 소개하시는 분은 내가 10년 가까이 섬겼던 한양회관을 인도하시는 안병호 목사님이었다!

이에 남편은 심장과 호흡이 멈출 것 같은 느낌을 받았다. 하나님의 상상을 초월한 기도 응답에 말이다. 그러나 남편은 자신을 절제하며 안 목사님은 물론 아무에게도 내색하지 않았다.

이렇게 몇 달이 지난 어느 주일날이었다. 안 목사님이 남편에게 다가왔다. 그리고 물었다. "김 전도사는 결혼할 준비가 됐냐."고. 이에 남편은

"그렇다."라고 답하자 안 목사님은 아주 대단한 자매를 소개해 주시겠다고 말했다. 남편은 안 목사님께 감사를 표했고 자신의 마음이 결정되면 말씀드리겠다고 답했다.

그리고 그해 12월 초에 남편은 안 목사님께 자매님에 관해 물었다. 남편의 예상대로 그 자매는 남편이 생각했던 바로 그 자매였다. 남편이 철야기도에서 응답받았던 바로 그 자매였다. 이에 남편은 내심 하나님의 한 치의 오차도 없는 정확한 인도하심에 놀랐다.

우리는 이렇게 기적적으로 만나 결혼했다. 우리는 세상의 방식과 다르게 결혼을 전제로 한 번의 만남도 없이, 부모님들을 포함해 그 누구와도 의논하지 않고, 그리고 그 어떤 조건을 달지도 않고, 오직 신앙 안에서 기도하며 결정했다.

어떤 사람인지 얼굴조차도 잘 생각나지 않았고, 주위에서는 조선 시대도 아니고 어떻게 그렇게 결정하냐고 조언들을 해 주시기도 했다. 그러나 주님이 주시는 확신과 응답으로 결정한 것을 내가 임의로 번복할 수는 더욱 없는 일이었다.

1982년 겨울, 남편은 미시시피주 잭슨에 있는 Jackson College of Ministries 대학을 다니고 있었다. 남편은 겨울 방학을 이용해 잠시 한국에 나왔다. 내가 혼인 신고도 해야 하고 이민 신청 서류도 준비해야 하기에 한국에서 약혼식을 올린 후 남편은 바로 미국으로 돌아갔다.

소문이 났다. 한국 극동방송국에서 방송에 출연해 결혼에 대한 간증을 해 주길 부탁받았다. 나는 방송국에 가서 김 형제와의 첫 만남으로부터 시작해 결혼에 이르기까지의 과정을 간증했다. 나는 극동방송국에서 진행했던 방송 내용과 베토벤 〈소나타 Op 2. No 1〉, 쇼팽의 아름다운 〈Nocturne Op 9. No 2(녹턴)〉을 직접 연주하여 녹음해서 남편에게 선물로 보냈다.

미국 영주권이 나올 때까지 약 9개월 정도 걸린 것 같다. 1983년 9월 21일 한국을 떠나던 날은 추석이었다. 고맙게도 친구 진선이의 귀여운 딸 5살 경림이가 예쁜 한복을 입고 와서 배웅해 주었다. 한국에서는 그날이 추석이라 비행기 안에 빈자리가 많아서 나는 편안하게 미국 캘리포니아 L.A.에 도착했다.

처음 본 미국 L.A는 아름다웠다. 길가에는 한국에서는 볼 수 없는 큰 야자수들이 즐비했고, 거리는 깨끗해 보였다.

남편의 가족분들을 처음으로 뵈었다. 앞으로 자주 가게 될 곳이니 Mcdonald(맥도날드)에 가자고 하셔서 거기서 점심을 함께했다. 미국 L.A.에

공항에 마중 나온 진선 친구의 딸 경림이와 함께

는 내 결혼을 위한 친정 식구나 친구들은 없었지만, 남편 쪽의 온 가족이 나를 환영하기 위해 모였다. 이미 시부모님께서 웨딩드레스, 신부 화장 등 결혼에 필요한 것들을 예약해 놓으셨다.

그런데 남편 가정은 할아버지부터 3대가 목사 가족이었다. 할아버지 목사님 가정은 일제강점기에 신사 참배를 하지 않기 위해 중국으로 거처를 옮겼다.

중국 시골로 가서 농토를 개간하여 살고 있으면 어느 순간 일본군들이 들이닥쳐 더 깊은 시골로 이사해야만 했다. 일본인들만 들어오면 신사를 세우고 신사 참배를 강요했기에 늘 그것을 피해서 고생하셨던 분들이

셨다. 당시에 목사님이셨던 할아버지 목사님께서 "곧 예수님이 오시니까 신앙을 지켜야 한다."라고 하셔서 온 가족이 예수님이 오실 그날만 기다리며 사셨다고 했다.

시댁 식구들은 "여호와께서 아브라함에게 이르시되 너는 너의 본토 친척 아비 집을 떠나 내가 네게 지시할 땅으로 가라"(창 12:1)의 성경 말씀처럼, 평양에서 중국으로, 해방 후 다시 평양으로, 그리고 6·25 전쟁으로 부산까지 피난 가서 고생하시다가 다시 서울로 오셨다. 그리고 미국까지 이민 오셨다.

시아버님은 6·25 동란 중 공산당에게 붙잡혀 감옥에 갔다. 군인들은 매일 감옥에서 한 사람씩 끌어내 총살을 했다. 당시 시아버님은 결혼한 지 얼마 되지 않았다. 다음은 아버님 차례였다. 새 신랑이었던 아버님은

나의 나 된 것

죽음을 기다리고 있었다. 아버님은 울며 기도하셨다. "목숨만 살려 주신다면 평생 주를 위해 살겠다."고. 이제 총살당해야 하는데 갑자기 한 공산당 간부가 문을 열어 주며 "빨리 도망가라." 했다. 그때 시아버님은 너무 놀라 순식간에 뛰어서 도망 나오셨다고 하셨다.

그 후 감옥에서 서원하신 것을 지키시기 위해 평생을 한국에서, 미국 L.A. 빌락시, 미시시피에서 목사로서의 삶을 사셨다.

1983년 9월 24일 남편의 외삼촌 김승곤 목사님이 담임이었던 나성서부교회에서 결혼식을 올린 후 남편이 공부하고 있는 미시시피주 잭슨으로 떠났다. L.A.부터 Jackson, MS까지는 약 2,000마일. 우리의 신혼 생활은 그곳에서 시작했다.

2

휴학

2. 유년 시절

아버지는 전라북도 고창의 한 가난한 가정에서 태어났다. 그러나 아버지는 공부해야 한다는 일념으로 혼자 대전에 와 대전중학교에 입학했다. 그 후, 당시 교통부 산하의 교통고등학교(지금 철도고등학교)를 졸업하고, 서울대학교 기계과에 입학했다.

그러나 6 · 25 전쟁이 발발하자 아버지는 공부를 중단하고 군에 입대해야 했으나, 영어를 잘해 교통부 고문관실의 통역관으로 임명됐다. 그때부터 USOM(United State Operation Mission)에서 미국인들과 함께 일했다.

어머니는 서울에서 태어나 숙명여고를 졸업하고 서울대학교 가정과에 입학했다. 그러나 6 · 25 전쟁으로 학교에 다닐 수 없었다. 의사이셨던 외할아버지는 이미 돌아가셨고, 당시 고등학교의 수학 선생님이셨던 작은할아버지는 6 · 25 전쟁 와중에 이북으로 끌려갔다. 이 같은 상황에서 가정의 생계를 이어 갈 수 없자 큰 딸이었던 어머니는 초등학교 선생의 길을 걷게 됐다.

얼마 후, 어머니는 아버지를 소개로 만나 결혼했다. 첫째 딸로 태어난 나는 가족의 사랑을 독차지하며 어린 시절을 보냈다.

아버지는 교통부 고문관실에서 미국인들과 같이 일했기 때문에 서구의 영향을 많이 받았다. 어렸을 적 기억이 난다. 생일이 되면 아버지는 미국에서 직접 가져온 생일 케이크로 우리들의 생일 축하를 해 주곤 했다.

한국 교통부 고문관실에 온 미국분들 가운데 연세가 많은 할아버지 부부가 있었다. 우리와는 가족처럼 지냈다. 그분 성함이 '메나'이어서 우리는 메나 할아버지라고 불렀다. 할아버지는 나를 많이 예뻐해 주었다.

동생 경원이가 태어났다. 아버지는 미국 백화점에서 코트를 동생 것과 내 것을 똑같이 주문하셔서 입히셨다. 음악을 좋아하셨던 부모님이 전축을 사 오자 신길동에 사는 동네 사람들까지 구경하러 집에 오기도 했다.

어머니가 학교 선생으로 일했기에 외할머니가 나를 키우다시피 했다. 외할머니는 경기여중을 나오셨고 한국 부인회 영등포지구 회장으로 봉사 활동을 많이 했다.

당시에 전쟁고아들이 많았다. 그러나 할머니는 집에 구걸하러 오는 이들을 마다하지 않고 언제나 따뜻한 밥을 지어 대접했다.

어느 날, 생선 장사꾼이 생선을 큰 대야(함지박)에 가득 채워 집집마다 갖고 다니면서 팔았다. 할머니는 그날 민어를 샀다. 그러나 거기서 그치지 않고 할머니는 아

주머니를 잠시 기다리게 했다. 그리고 할머니는 '생선을 팔지만, 본인은

먹어 보지도 못했을 것'이라고 말하며 할머니의 맛있는 손맛으로 끓인 민어 매운탕으로 생선 장사꾼을 대접했다.

"누구든지 우리 집에 오시는 손님에게는 냉수 한 그릇이라도 대접하라."라는 할머니의 교훈이 생각난다.

3. 학창 시절

우리나라는 6·25 전쟁 후 경제적 어려움과 정치적 혼란 속에 있었지만, 우리 가족은 별 어려움 없이 지냈다. 아버지는 교통부 고문관실에서 일하다가, 국제관광공사 특정외래품판매소의 소장으로 갔다. 그때부터 우리 가족의 식생활은 평범한 가정과는 매우 달랐다. 아이스크림이 없던 시절에, 아버지는 아이스크림 만드는 기계를 구해서 집에서 아이스크림을 만들어 주기도 했다.

당시에는 불고기가 흔치 않은 시절이었지만, 우리 가족은 스테이크를 A1 소스와 함께 먹었으니 시대를 거슬러 간 것이 분명했다. 그래서인지 남편이 내 입맛이 꽤 까다롭다고 한다.

우리 가족은 그 당시 기독교인은 아니었다. 그러나 동네에서 유일하게 크리스마스트리를 집에 장식해 놓았다. 생나무는 아니었지만 매년 12월이 되면 가족들이 모여 인조 크리스마스트리를 예쁘게 장식해 놓았다. 막냇동생은 크리스마스트리를 장식하는 날을 손꼽아 기다리곤 했다.

몇 년 전, 한국을 방문했다. 중학교, 고등학교, 그리고 대학교까지 동창인 친구 진선이를 만났다. 진선이와 나누었던 대화 가운데 진선이가 다음과 같이 말했던 것을 기억한다. "중학교 때, 점심 도시락에 언제나 햄, 치즈, 베이컨을 가지고 와서 네가 부러웠다." 나는 친구가 이같이 말하는 것을 듣고 놀랐다. 그것을 몇십 년이 지난 지금까지 기억하고 있었다니 말이다. 이처럼 내 중고등학교 시절은 언제나 풍요롭기만 했다.

아버지는 골프까지 치셨다. 나무로 된 골프채 해드와 쇠로 된 골프채 해드가 있었다. 나는 골프채 머리 부분에 실로 뜨개질해서 커버를 만들어 드렸다.

아버지는 국제로터리클럽 회원이었기에 국제로터리클럽 모임이 있을 때 막냇동생 재원이가 회원들 앞에서 〈에델바이스〉를 영어로 불러 인기를 끌기도 했다.

세계 여러 나라에 관심이 많았던 아버지는 영등포구에서는 몇 안 되는 National Geographic(내셔널 지오그래픽) 잡지의 구독자였다. 우리 집에는 언제나 내셔널 지오그래픽 잡지가 쌓여 있었다. 아버지는 일본을 자주 방문했기에 흑백 잡지가 아닌 다채로운 색깔로 구성된 일본 건축물 잡지를 집에 가져오곤 했다. 제일 어린 막내 재원이는 이를 보고 자라서인지 건축에 대해 일가견이 있다.

재원이는 언니들은 학교에 가고, 부모님은 늘 바쁘셨기 때문에, 혼자서 그림이 그려져 있는 잡지들을 들여다보곤 했다. 또 백과사전에서 새와 꽃들을 그리며 놀곤 했다. 그 때문인지 재원이는 어렸을 때부터 상상력이 풍부했고 어린아이 같지 않고 조숙했다. 재원의 미술 작품은 언제나 창의적이고 독특했다.

나의 나 된 것

할머니는 나의 정신적인 지주였다. 언제나 긍정적이
었다. 그래서인지 내가 고등학교를 졸업할 때까지 할
머니 앞에서 '못 해요.', '아니오.' 등 부정적인 단어를 사
용한 기억이 없다.

고등학교 때 경주로 수학여행을 갔다. 처음으로 집을 떠나기에 흥분해
있는 나를 위해 할머니는 음식을 별도로 싸 주었다. 그러나 할머니가 준
비한 음식이 떨어진 후, 학교에서 준비한 음식을 먹어야 하는데 나는 입
맛에 맞지 않아 먹지 못하고 굶다가 집에 왔다. 이처럼 할머니는 나의 모
든 것이었다.

고등학교 시절에는 내가 아버지 자가용으로 학교에 갈 정도로 가정이
여유로 왔다. 그래서 어머니는 옆집을 사들일 수 있었다. 어머니는 두 집
을 하나로 연결해 저택을 만들었다. 자칫하면 교만할 수도 있는 환경이
었지만 '밖으로는 다른 사람을 돕고, 안으로는 늘 겸손함'을 내게 가르친
할머니의 가르침이 있었기에 나는 언제나 그 같은 가르침을 따르는 손녀
가 되고자 했다.

이 같은 할머니의 교육으로 나는 고등학교 시
절에 걸스카우트로 봉사 활동에 많이 참여했다.

홍수가 나서 수재민이 생겼다는 뉴스를 보고
친구와 같이 거리 모금을 해서 한국일보에 전달
하기도 했다. 이외에도 다양한 분야에서의 활동
으로 고등학교 졸업식에서 모범 걸스카우트 상
을 받았다.

아버지는 내가 친구와 함께 과외 공부하러 가면, 생선 샌드위치를 직접 만들어 주기도 했다. 당시 우리나라에서 아버지가 음식을 만든다는 것은 그리 흔한 일이 아니었지만, 아버지는 언제나 나를 위해 샌드위치를 만들어 주곤 했다.

온 가족이 외식하는 날이면 워커힐에서 식사도 하고 쇼를 보기도 했다. 대한극장에 〈Sound of Music〉 영화가 들어왔을 때, 아버지는 온 가족이 극장에 갈 수 있도록 표와 함께 자동차를 집으로 보낼 정도로 자상했다. 여름에는 청평으로 여름휴가를 가곤 했다. 아버지는 결국 팔당에 별장을 지으려고 8,000평이나 되는 땅을 매입하기도 했다.

나는 고등학교를 졸업할 때까지 할머니와 부모님의 사랑과 보호 아래에 있었다. 인생에 대해 특별히 생각해 본 적도 없다. 그저 할머니와 부모의 자랑스러운 손녀와 딸이 되는 것이 내 어린 삶의 전부였다.

나의 나 된 것

4. 대학 입학과 시련의 시작

　고등학교 졸업 후 대학 진학을 할 때였다. 어머니는 가정과만 강조했다. 그 이유는 가정과에 들어가 시집갈 준비를 해야 한다는 것이었다. 나는 그대로 따랐다. 새로운 세계로 빨려 들어가는 듯, 1973년 3월 한양대학교에 입학했다. 어머니는 나를 양장점에 데리고 가서 여러 벌의 옷을 맞춰 주었다. 구두, 핸드백 등 필요한 것들을 다 사 주고, 머리도 일주일에 한 번씩 미장원에 가서 손질하도록 미장원에 예약해 주었다.

　168cm의 큰 키에다 잘 가꾸고 다녔기에, 하루도 편한 날이 없을 정도로 남학생들이 나를 쫓아다녔다. 나를 패션모델로 보는 사람들도 많았다. '그 당시에는 남녀가 서로 만날 기회가 별로 없어서 더 그랬지 않나.' 하는 생각이 든다.

　어느 날 한 생각이 내 마음을 스쳤다. 이 생각은 회의를 동반했다. '이것이 내가 그토록 원했던 대학 생활인가?' 만일 이것이, 현재까지의 대학 생활이 대학 생활의 전부라면 금전 낭비, 시간 낭비라는 회의에 빠졌다. 그러나 내가 이 같은 생각에 빠져들어 가고 있을 때 아버지 사업이 삐걱대고 있었다. 그러나 나는 그것을 전혀 알지 못했다.

교통부가 운영했던 외국인 전용 면세점인 특정외래품 판매소(Foreigner's Commissary)는 처음에 용산철도회관에 있었다. 1962년 6월 26일, 국제관광공사가 설립되면서 특정외래품 판매소가 반도 조선호텔로 옮겨졌다. 국내 거주 외국인과 외국 관광객은 이곳을 통해 생활필수품을 사들이기 시작했다.

특정외래품 판매소

아버지는 국제관광공사의 소장으로 일하시다 퇴직한 후, 세운 상가에 특정외래품 판매소를 개업했다. 그때 아버지는 회사 광고를 위해 패션쇼를 했는데, 당시 KBS 아나운서였던 배영길 아나운서가 한국어로 사회를 보면 아버지께서 영어로 통역했다.

그 후, 아버지는 1970년에 영등포에 대한민국 최초로 슈퍼마켓을 개업했다. 이전까지는 한국에 동대문시장, 남대문시장 등 재래시장만이 존재했다. 아버지는 이 슈퍼마켓을 전국 체인으로 확대할 계획으로 이름을

'새마을 슈퍼체인'이라 지었다.

그러나 한국에서 처음 시작한 슈퍼라 쉽지 않았다. 이 같은 새로운 시스템에 익숙하지 않은 손님들이 많은 문제를 일으켰다.

그래서 아버지는 체인으로 확장하려던 계획을 수정했다. 그리고 안면도에 간척 사업을 시작했다. 안면도에 30만 평 땅과 염전을 만들었다. 아버지는 이 사업에 많은 것을 투자했다. 아버지가 준비한 투자금은 물론, 아는 분들로부터 투자 유치도 많이 받았다. 주위 사람들은 아버지 시업의 성공을 확신하며 아버지를 축하했다.

이에 더해 정부종합청사 건설부에서 일하셨고 추후에 국장이 된 외삼촌도 모든 서류를 살펴본 후 사업의 성공을 확증해 주었다.

그러나 아버지는 정부 시책을 충족시킬 수가 없었다. 정부는 더 광범위하게 간척지를 확장할 것을 요구했다. 이것이 아버지가 부딪친 한계였다. 아버지는 재정적으로 더는 감당할 수 없었다. 슈퍼마켓에서 나온 자금을 모두 이곳에 투자했으니 말이다. 그래서 그 사업은 결국 현대건설로 넘어가게 됐다. 아버지가 투자한 그 많은 투자금은 한 푼도 회수하지 못한 채로 말이다.

한 학기를 마쳐 갈 즈음이었다. 어느 날 집에 들어갔는데 집 안에 있는 모든 가구에 빨간 딱지가 붙어 있었다. 집 안은 엉망진창이었다. 할머니는 결혼해서 나간 외삼촌 집으로 가셨다. 집에는 무슨 일이 일어났는지 모르는 어린 세 여자, 동생들과 엄마만 덩그러니 남아 있었다. 그렇게도 잘나가던 아버지 사업이 망한 것이었다.

충격이었다. 이 같은 날이 올 줄을 상상조차 하지 못했다. 더군다나 사

전 신호도 없었기에 충격은 커다란 파도가 되어 우리 모두를 남김없이 삼키고 쓸어 버렸다. 그러나 이 같은 폐허 속에도 한 가지 생각이 나를 붙들었다. '맏언니인 나까지 이 좌절의 파도에 휩쓸려서는 안 된다.'

이때부터 나는 가정을 위해 무엇인가를 해야 한다고 결심했다. 일자리를 찾기 시작했다. 신문 광고를 보고 여기저기 찾아다녔다. 그러나 직장 찾는 것이 생각보다 쉽지 않았다.

아버지 사업이 부도났기에 맏언니인 내가 돈을 벌어야 했다. 여러 곳을 찾아 발이 부르트도록 다녔다. 어떤 곳은 사무실 하나만 있어 무섭기도 했고, 때로는 인터뷰를 진행하다 이상한 분위기에 뒤도 돌아보지 않고 그 자리를 떠나야만 했다. 하루는 내가 직장을 찾고 있는 것을 알고 있는 바로 아래 동생 경원이의 가정교사였던 친구가 내게 광고지 하나를 건네주었다.

5. 휴학 그리고 점원이 되다

그것은 신세계 백화점 직원 채용 광고였다. 나는 당장 찾아가 입사 원서를 내고 시험을 보았다. 나는 합격과 함께 1973년 7월에 정식 직원으로 채용됐다. 2층 여자 의류 코너에 여자 잠옷 코너가 신설돼서 그곳에서 선배인 조필숙 언니와 함께 일을 시작했다.

처음에는 수습 명찰을 달고 일을 시작했지만, 한 달이 지나 수습 명찰을 떼고 정식 유니폼을 입고 명찰을 달았다.

문제는 이때부터 시작됐다. 어머니와 함께 신세계에서 쇼핑을 종종 했기에, 내가 여기서 일하는 것을 누가 볼까 봐 나는 언제나 노심초사했고, 혹시 아는 사람이 오면 어디든 들어가 숨기에 바빴다.

그 당시 신세계 백화점은 거의 모든 부분이 직영이었지만 우리 코너 뒤쪽에는 임대로 준 코너도 있었다. 일본 여행객이 자주 찾는 실크 코너나 김매자 니트웨어, 웨딩드레스 코너 등은 임대로 준 코너였다.

멀리서 나를 아는 사람이 오는 것 같으면, 나는 임대 코너 뒤에 있는 조그만 창고에 숨었다. 그리고 숨어서 울었다. 울기도 많이 울었다. 그것을 본 실크 코너 아주머니는 내게 위로하면서 미스코리아 선발 대회에 한 번 나가 보라고 위로 반 진담 반으로 말했다.

이같이 신세계 백화점 점원으로서의 적응기를 마친 후, 나는 주어진 환경에 적응하며 열심히 일하기 시작했다. 이제는 좋은 옷, 미장원, 구두 등에 대한 관심은 사라졌다. 그리고 운동화를 신고 바삐 뛰어다녔다. 퇴근 후에는 신세계 뒤 남대문시장에 들러 가족을 위해 마지막 떨이로 싸게 파는 고등어 등을 샀다. 불과 두 달 사이에 내게 찾아온 변화였다.

옆집까지 사들여 두 집을 한 집으로 지은 신길동에 있는 기름보일러와 수세식 화장실을 갖춘 큰 저택 3층 집으로 지하실에는 차고, 차고 위에는 부모님 방, 2층에는 방 3개, 1층에 거실과 방 하나 그리고 부엌. 주위 사람들은 당시 부자의 상징이었던 이병철 씨 집도 이 정도 될 거라고 말하곤 했다.

신길동 집

그 후 몇 년이 흘렀다. 한 스님이 지나가다 우리 집을 보고 다음과 같이 말했다. "이 집에 대주가 죽든지 또는 집이 망할 것이다." 대주가 죽는 일은 일어나지 않았지만, 집이 망하리라는 말은 그대로 됐다.

그러나 이 모든 것이 이제 과거가 됐다. 지금은 화곡동의 작은 단칸방으로 이사했다. 그러나 나는 내가 가난하다고는 절대 생각하지 않았다. 큰 집에 살았을 때 집에서 일하던 자매까지 한 칸 방밖에 없는 화곡동으

나의 나 된 것

로 함께 갔다.

　아버지는 사업 실패로 이곳저곳을 전전하며 사셨고, 나머지 여섯 명의 여자들이 단칸방에서 살기 시작했다. 우리는 모두 그동안 이 같은 환경을 체험하지 못했기에, 처음에는 온 가족이 한방에서 자는 것이 신기하기도 하고 또한 재미있어도 했다. 이 같은 우리의 모습이 순수한 것이었는지, 무지한 것인지 또는 둘 다인지 우리 모두는 이에 관한 판단을 각자의 생각 안에 보류하고 있었다.

　어느 날, 신세계 상무실에서 내게 비서를 보냈다. 상무실로 오라는 것이었다. 상무님이 기다리고 있었다. 신입사원 이력서를 보던 중 아버지 성함을 발견하고 혹시나 해서 나를 찾은 것이었다. 과거에 아버지와 친분이 있었고 또한 아버지 사업이 부도난 것도 알고 있었다.

　상무님은 불편함이 있으면 언제든지 말하고, 지금 일하고 있는 코너에서 다른 코너로 옮기고 싶다면 옮겨 주겠다고 했다. 나는 "아닙니다. 그냥 그대로 하겠습니다. 감사합니다." 하며 눈물이 핑 돌았지만, 가까스로 눈물을 삼키며 상무실을 나왔다.

3

좋은 곳

6. 백광재 선생님

일은 열심히 하지만 내 마음속에 깊은 상처로 남아 있는 가정의 가난함에 대한 안타까움은 나를 떠나지 않았다. 어느 날, 신세계 백화점에 합창단이 있다는 소식을 알게 됐다.

나는 평소에 음악을 좋아했기에 그곳에 가면 슬픔을 잊을 수 있을까 생각하며 6층 사무실에 올라갔다. 백광재 선생님이 신세계 합창단을 열심히 합창을 지도하고 있었다.

백광재 선생님은 동양방송 음악 담당 피디였다. 동양방송은 같은 삼성 계열사였기에 백 선생님께서 신세계합창단과 삼성합창단을 지도했다. 백 선생님은 피아노도 연주하면서 지휘도 했는데 너무 힘들어 보였다. 그래서 백 선생님께 "선생님, 피아노 연주를 제가 도와드릴까요?" 물었다. 백 선생님은 "피아노 칠 수 있냐." 물으시면서 내게 부탁했다.

몇 주 후 백 선생님은 갑자기 베토벤 소나타 〈월광〉 악보를 내게 주며 이 곡을 합창으로 하겠다고 했다. 어렸을 때 동네에서 피아노를 조금 배워 본 게 전부인 나였기에 처음에는 스스로 한심해하기만 했다. 그래도 백 선생님을 도와드리기로 했으니 연주한 적이 없는 곡이었지만 도전하기로 했다. 집에 피아노가 없기에 회사 일을 마친 후 6층 홀에 올라가서 조금씩 연습했다. 큰 무리 없이 해내고 있었다. 다행이었다.

　백 선생님이 이번에는 1973년 12월 20일에 삼성합창단과 신세계합창단이 함께 드라마센터에서 연주회를 할 계획인데, 미스 문이 피아노 독주를 중간에 하자며 내 의견을 물어보았다. 나는 너무 황당했다. 합창단 반주곡들도 만만치 않은데 피아노 독주까지 하라고 하니 말이다.

　단칸방에서 엄마와 동생들과 함께 살고 있고, 집에는 피아노도 없는데 어떻게 이것이 가능한 일인가? 그렇지만 나는 실의에 빠진 부모님께 용기를 드리고 싶어 강행하기로 했다. 이어 백 선생님은 다른 피아노 소나타 악보를 하나 더 내게 주었다.

드라마센터에서 연주를 마치고

당시 한국에는 유류 파동이 와서 백화점도 보일러를 틀지 못했다. 여자 직원들은 회사 유니폼 원피스 안에 바지를 입게 했다. 그나마 조금 틀어 주던 보일러도 일찍 꺼서 일이 끝난 후 피아노 연습을 하기 위해 6층에 올라가면 손과 발이 시려 연습하기 몹시 힘들었다. 차디찬 손을 비비며, 그래도 회사에서 밤 10시까지 연습했다. 그 후, 엄마 친구분이 밤늦게까지 연습해도 괜찮다고 허락해 주셔서, 그분 집에서 거의 12시까지 피아노 연습을 하곤 했다. 그러나 너무 무리해서인지 갑자기 오른쪽 엄지손톱에 염증이 생겼다.

이모부가 의사였기에 나는 이모부께 찾아가서 엄지손가락을 보여 드렸다. 이모부는 내 엄지손가락을 보자마자 손톱을 빼야만 한다고 했다. 그러나 그럴 경우 나는 피아노를 칠 수 없게 되기에 다른 방법을 택했다.

약국에서 소염제와 마이신을 사서 복용한 후, 붕대로 엄지손가락을 감고 계속 연습을 감행했다. 그러나 연주 날짜는 점점 가까이 오는데 상처는 쉽게 낫지 않았다.

어느 날 어머니는 간장을 끓여 거기에 손을 담그면 소독이 된다는 말을 이웃에서 들었다. 이에 어머니는 간장을 펄펄 끓였다. 그리고 내 손을 펄펄 끓는 간장에 담갔다. 그러나 이 같은 무지한 시도는 손을 치료하는 대신 손에 화상만 남겼다. 나는 내 손을 치료한 것이 아닌 내 손에 장을 지진 것이었다.

1973년 12월 20일, 드디어 그날, 연주회의 날이 찾아왔다. 붕대로 감고 연습했던 엄지손가락에서 붕대를 풀었다. 어려움으로 좌절과 실의에 빠지신 부모님과 가족들, 친척들, 고등학교 친구들 등을 초대했다. 연주는 대성공이었다. 눈물과 기쁨 그리고 환호가 뒤범벅된 무대였다.

나의 나 된 것

당시에 큰 무대는 시민회관과 드라마센터밖에는 없었던 시기였다. 그러므로 드라마센터는 연주를 위한 대단한 장소였다. 아마 4년제 정규 음악대학을 졸업했어도 피아노 독주를 이곳에서 하기란 쉽지 않았을 것이다. 거기에다, 동양방송 F.M. 라디오에서 중계까지 했으니 말이다.

신세계 합창단, 드라마센터

그 후로 나는 자연스럽게 신세계 백화점 피아니스트가 됐다. 사내 직원들의 결혼식 반주자로 불려 다니기에 바빴다. 대부분 행복한 결혼식이었지만, 집안의 반대를 무릅쓰고 하는 결혼식도 있었다.

나는 '슬픈 결혼식'에서 피아노 반주를 했다. 대학을 졸업한 신세계 남자 직원과 대학생 아르바이트 여대생과의 결혼이었다. 결혼식에 신부와 신랑 두 가정의 부모님들이 모두 참석하지 않았다. 슬픈 결혼식이었다. 그렇지만 나는 그들을 위해 〈결혼행진곡〉을 치며 이들의 앞날이 행복하기를 간절히 소원했다. 이같이 신세계와 이모저모로 엮인 후부터 나는 조금씩 피아노 연주에 대한 자신감을 갖게 됐다.

몇 년 후, 장충동 국립극장에서 서울대학교 정진우 교수님의 피아노 연주회를 본 후, 나는 피아노에 대한 열망을 가지게 되었다. 내과 의사였던 정진우 교수님은 6·25 전쟁 중 양 발가락을 절단하는 수술을 받았다. 다리가 불편했음에도 불구하고 결국 훌륭한 피아니스트로 우뚝 섰다. 정진우 교수님의 불굴의 노력은 많은 연주가에게 꿈과 희망을 심어 주었다. 제자들을 아끼고 사랑했던 정진우 교수님의 빛나는 모습은 나 같은 사람에게도 한 가닥의 희망과 용기를 주었음이 분명했다.

피아노 연주를 마치고 친구들과 함께

7. 복학 1

시간이 지나면서 백화점 직원 생활에 완전히 적응했다. 이젠 더는 울지 않았다. 아는 분들이 쇼핑을 와도 숨지 않았다. 그들에게 당당히 인사하며 안내까지 했다. 이제 내 직업에 대한 부끄러움은 없어졌다. 직업에 귀천이 없다는 것을 확실하게 행동으로 옮겼다.

이뿐만이 아니었다. 내게 새로운 친구도 생겼다. 같은 의류 판매대에서 일하는 '전상은'이었다. 우리들은 매일 점심 식사하러 구내식당에도 같이 가고, 옷도 똑같은 천을 사서 디자인만 다르게 해서 입고 다녔다. 월차 휴가도 같은 날에 냈다. 상은이는 강원도 정선에서 온 친구라서 정선에 가서 좋은 시간을 함께 보내곤 했다.

상은이 집을 방문한 어느 날이었다. 그날은 상은이 언니와 결혼할 분이 집에 오는 날이었다. 상은이 어머니는 집에서 기른 씨암탉을 잡아서 가마솥에 넣어 닭국을 끓여 준비했다. 서울에서만 자란 내게는 큰 충격이었다. 닭국을 준비하기 위해 살아 있는 닭을 죽이는 장면을 본 적이 없었기 때문이었다. 그래도 그 닭국이 너무 맛있어 아직도 그 맛을 잊지 못하고 있다. 받은 충격은 아랑곳하지 않고 말이다.

나는 상은이 가족의 일원이나 다름없었다. 아직도 또렷이 기억난다. 상은이 아버지가 간경화로 병원에 입원했을 때, 나는 병상 옆에 있었다. 임종하실 때도, 갑자기 가족분들과 연락이 닿지 않아 내 아버지라 생각하고 내가 그 마지막 병상을 지켰다.

신세계 상무실에서 또 연락이 왔다. 아버지를 모셔 오라는 회사의 지시였다. 상무님의 개인 의견이 아닌 신세계 중역들의 회의를 거친 지시였다. 당시 박 이사님, 최 이사님, 상무님 등이 중역 회의를 거쳐 결정했다. 신세계는 백화점 사업에서 유통 사업까지의 전환을 기획했기에 이 분야에 경험이 많은 아버지의 도움이 필요했기 때문이었다.

앞에서 언급했지만, 아버지는 1965년대부터 국제관광공사 외래품판매소 소장을 거쳐 세운 상가에 특정 외래품판매소를 개업했다. 그 후 일본을 다녀온 후, 대한민국 최초로 새마을 슈퍼체인을 영등포에 개업한 것을 상무님이 익히 알고 있었다.

상무님은 그 당시 아버지가 근대화 유통에 기여한 유일한 한국인이라고 했다. 그날은 상무님 자동차로 아버지가 잠시 묵고 계신다는 개봉동 외삼촌 집까지 갔다. 그러나 아버지를 그날 만나지 못했고, 나중에 아버지가 신세계에 찾아간 것으로 기억된다.

신세계에서는 지금의 이마트(E-Mart)의 전신인 슈퍼마켓을 오픈하기 위해 준비하고 있었다. 아버지가 당장 일본에 가서 슈퍼마켓 오픈을 위해 교육 등을 받으며 준비를 해야 했다. 그러나 아버지는 부도라는 법적 문제가 해결되지 않았기에 이 같은 다시 일어설 수 있는 절호의 기회를 받아들일 수 없었다.

나의 나 된 것

그런데 나는 신세계에서 근무했던 길지 않은 기간 동안 삼성의 대단한 분들을 보며 종종 야심이 생기기 시작했다. '나도 저렇게 살아야지.', '나도 저렇게 돼야지.' 이 같은 목표를 성취하기 위해서는 공부를 확실히 해야 하고, 명예도 얻어야 하고, 그리고 그 결과 부를 축적해야 한다는 결론을 나름대로 내렸다.

19살의 어린 나, 자신을 극복하기 위해 스스로와 울며 싸우며, 처한 곳에서 최선으로 경주하며, 하루하루 극복의 삶을 살려고 애썼다.

나는 전혀 변하지 않았다. 아니 변했다. 과거의 나를 온전히 내려놓았다. 그리고 자신도 놀랄 만큼 현실에 잘 적응했다. 아니 적극적으로 적응했다. 그런데 그분들은 나의 존재에 왜 불편해하는 것일까? 그러나 나는 이들을 탓할 수 없다. 왜냐하면, 가진 자가 가진 것을 누리기에, 이에 대한 나의 불편함과 불평은 어울리지 않기에 말이다. 그래서 공부를 계속해야 겠다고 독하게 결심했다. 나도 나만을 위한, 그리고 나의 성취를 기다리는 그 성공이란 두 글자를 쟁취하기 위해 다시 대학에 복학하기로 했다.

친구 상은이가 위장이 좋지 않아 식사를 잘하지 못해 제일병원에 입원한 적이 있었다. 이름이 알려진 신세계 합창단은 당시 TBC 텔레비전에 출연했다. 방송을 마친 후, 나는 상은이를 보러 제일병원으로 향했으며, 백광재 선생님이 나와 동행했다.

나는 많이 망설이다가 언젠가는 나의 계획을 말해야 했기에 백 선생님께 "이제 다시 대학교로 돌아간다."라고 말했다. 백 선생님께서는 "사범대학이니 꼭 선생님이 되라."고 하시며, "어느 교회에 가서 피아노 반주를 치면 좋을 텐데."라고 말했다. 나는 그 당시에 교회를 다니지 않았기에

'교회도 다니지 않는 사람에게 무슨 말씀을 하시는지.'라고 속으로 생각했다.

얼마의 시간이 지난 후, 상은이는 결혼했다. 그런데 지금 생각하면 어이없고 말도 되지 않는 일이었지만, 나는 결혼식 날은 물론 신혼여행까지 신혼부부와 함께 있다가, 호텔 앞에서 헤어졌다. 나는 결혼이 뭔지도 몰랐고, 눈치도 없었기에 친구하고 헤어지지를 못하고 신혼여행까지 따라갔던 것이었다. 이 얼마나 무지한 나였던가!

그러나 내가 학교로 돌아감으로 그토록 친했던 상은이와 헤어지게 되는 커다란 아픔을 겪어야 했다. 학교로 돌아가기 위해 직장을 떠나가기 전, 상은이는 내게 무수히 물었다. "꼭 학교로 돌아가야만 하니?" 이 같은 상은이의 간절한 질문에 나는 "그래."라고 대답했다. 나의 이 대답이 상은이에게는 실망과 충격이었다. 그러나 나

상은이와 함께

는 나의 복학 결정으로 상은이와의 관계가 희미하고 느슨해질 수 있다는 것까지는 생각이 미치지 못했다.

나의 나 된 것

8. 좋은 곳

아버지 친구분 중 죽마고우라고 할 만큼 가까우신 분이 계셨다. 그분은 한양대학교 재단 이사장님이었다. 아버지의 불행한 소식을 접한 그는 나도 모르게 나의 등록금 반액을 내주셨다. 나는 학교에 다녔으면서도 휴학하는 데 필요한 서류가 있는 줄도 몰랐다. 그냥 학교를 그만두었다. 그런데 이사장님이 휴학계를 대신 냈던 것이었다. 언제든지 다시 돌아올 것을 기대하면서 말이다.

나는 정확히 일 년 만에 학교로 돌아왔다. 고등학교 시절까지는 할머니와 부모님의 자랑스러운 딸과 손녀가 되는 것이 인생의 목표였다. 그러나 이제는 목표가 바뀌었다. 학벌, 부, 명예가 내 인생의 목표였다. 이때부터 나는 이 목표를 쟁취하기 위해 달려갔다.

여기저기 찾아다녔다. 공부도 열심히 했다. 테니스도 쳤다. 봉산탈춤을 추는 모임에 참가해 연습도 하고 공연도 했다.

인간문화재분들을 따라다니기도 했다. 그러나 이 모든 노력이 내게 기쁨보다는 피곤함을 가져다줄 뿐이었다.

잠시도 쉬고 있으면 불안했다. 언제나 내 몸을 괴롭혀야만 했다. 직장을 그만두었지만 대학생 아르바이트라는 명찰을 달고 쉬지 않고 일했다. 신세계에서도 나를 믿을 수 있었고, 또한 훈련된 일꾼이 필요했기에, 나를 언제든지 환영했다.

어느 날 친구 진선이가 내게 '좋은 곳'이 있다고 했다. 나는 친구에게 나도 '좋은 곳'으로 데려가 달라고 부탁했다. 그곳은 다른 곳이 아닌, 종로에 있는 대학생 성경읽기회(UBF) 모임이었다.

회관에 들어가니 그곳에 모인 이들이 찬송가 〈강물과 같이 흐르는 기쁨〉을 손을 흔들면서 부르고 있었다. 나는 그 찬송은 처음 듣는 것이었지만 왠지 그곳에 모인 그들이 나를 환영하고 있다는 느낌을 받았다.

처음 방문했기에 예배만 보고 가도 되었지만, 나는 소모임에도 참석했다. 기도해 본 적이 없는데, 갑자기 돌아가면서 기도를 한다고 했다. 나는 임기응변으로 가방에서 종이를 꺼냈다. 그리고 내 앞 사람들이 하는 기도를 받아 적었다. 흉내라도 내야 한다고 생각했기에 말이다. 그리고 결국 흉내 내는 데 성공했다.

신앙이 없는 것은 물론, 신앙이 무엇인지도 몰랐지만, 무엇인가를 찾고 있는 나였기에, 이 같은 모임은 나의 호기심을 채우기에 충분했다. 나를 안내해 준 진선이는 마포교회에 다니고 있었고, 아버지와 어머니는 장로님, 권사님이었다.

어느 날, 우연히 한양회관 출신 유 안드레 학사님(지금은 선교사님)과 이승원 목자님(지금은 뉴욕 천성교회 목사님)이 종로회관에 왔다. 종로회관에 출석하고 있는 나를 발견한 이들은 나를 한양회관으로 안내했다. 그 후 몇 번 더 종로회관에 출석했지만 결국 나는 한양회관으로 출석하게 됐다.

한양회관은 환경이 열악했다. 회관으로 들어가는 입구에 화장실이 있었는데 수세식 화장실이 아니었기에 냄새가 진동했다. 그러나 하나님의 인도하심이었던지 나는 크게 개의치 않았다.

파티한다고 하는데, 처음 보는 라면땅이 나왔다. 나는 속으로 '이런 것도 먹는구나!' 생각했다. 그러나 이것도 잠시, 어느 순간부터 나도 이 같은 음식을 즐기고 있었다.

어느 날 성경은 책 중의 책 최고의 책으로 알려져 있으니 공부해 볼 만하다는 생각이 들었다. 그런데 갑자기 회관에 반주자가 필요하게 됐다. 지금까지 오르간 반주를 해 왔던 김 자매가 안타깝게도 연탄가스 중독으로 사망했기 때문이었다. 당시에는, 참으로 안된 일이지만, 이 같은 불의의 사고가 잦았던 것으로 기억된다.

백광재 선생님이 몇 년 전 말씀했던 것같이 교회 반주자로의 길을 걷게 됐다. 비록 신앙은 없었지만, 맡겨진 책임이기에 성실함하게 매주 오후 세 시에 반주하러 회관에 갔다.

오르간은 작았다. 발, 다리, 그리고 손을 사용해야 소리가 나왔다. 처음에는 모르는 찬송들이 대부분이었다. 잘 알지 못하는 찬송을 4부로 치기 위해 정말 많이 애썼다.

어느 주일은 찬송을 부른 후 은혜가 된다고 하여 5절까지 있는 찬송가를 두 번, 세 번 부르기도 했다. 반주를 2시간이나 할 때도 있었다. 비록 다리는 아팠지만, 점점 반주 실력이 늘고 있음을 느낄 수 있었다. 그러나 이때까지도 기독교에서 말하는 그 신앙이 내게 다가오지는 않았다.

대학 2학년 2학기가 마쳐 가는 1976년 1월이었다. 그때도 나는 신세계 백화점에서 일하고 있었다. 그런데 회관에서 창세기 말씀 공부를 일주일 동안 하는 것이었다. 그러나 문제가 생겼다. 성경 공부하는 시간이 신세계에서 일하는 시간과 겹쳤다.

나는 일을 해야 했다. 돈을 벌어야 했다. 한동안 갈등이란 두 글자가 나를 사로잡았다. 아니 갈등이 아닌 마음의 싸움이었다. 잠시 후, 나는 결정했다. 일하는 것을 포기하기로. 그때 나의 형편으로는 말도 안 되는 일이었지만, 처음으로 신앙이란 두 글자를 위해 희생이라는 값을 치렀다.

한양회관 말씀잔치 '창조주 하나님'

첫날부터 나를 사로잡은 말씀이 생각난다. "태초에 하나님이 천지를 창조하시느니라." 창세기 1장 1절 말씀이었다. 우주가, 세상이 우연히 생긴 것이 아닌 하나님이 창조했듯이, 내가 우연히 태어난 것이 아닌 하나님의 섭리로 태어났음을 알게 됐다.

그러나 내가 신앙의 길에 들어선 것과는 무관하게 가정은 점점 더 어려워졌다. 동생 경원이는 나와 함께 배화여고를 2년 차이로 같이 다녔다. 내가 고등학교를 졸업 후 가정이 어렵게 됐기에 경원이는 힘들게 고등학교에 다녔다. 숙명여대 미술대에 합격했지만, 입학금이 없어 포기했어야 했다.

그 당시, 예능은 본인이 지원한 학교의 교수에게 개인 지도를 받아야 한다는 것이 정설이었다. 엄마들의 치맛바람은 말로 표현이 불가능할 정도였다. 그러나 동생을 위한 이 같은 후원은 우리 가정으로서는 생각조차 할 수 없었다. 동생 경원이는 오로지 학교 미술반에서 그림을 그렸다. 그리고 미술대에 지원했고, 또한 합격한 것이었다. 오랜만에 듣는 좋은 소식에 가족 모두가 기뻐했다.

그러나 이 같은 기쁨은 잠시였다. 등록금을 마감일까지 내지 못했다. 나는 얼마나 울었던지, 눈물이 앞을 가려 길을 걸을 수 없었다. 나는 길을 걷다가도 몇 번을 주저앉아 울었다. 누가 이 광경을 목격했다면 나를 정신병자로 보았을 것이다. 내가 이 정도니 동생이 받은 충격은 얼마나 더 컸을까? 재능 있는 동생이 이렇게 됐는데, 나만 대학을 계속해서 다녀도 되는지에 대한 회의가 내 가슴에 물밀듯 몰려왔다.

기적 하나

9. 대학 자퇴

집안 사정은 점점 더 힘들어졌다. 회생의 신호는 그 어디에도 보이지 않았다. 한번은 아버지가 컵라면을 개발하신다고 삼양라면에 부탁해 컵라면 샘플을 만들어 오셨다. 동생 경원이도 신이 나 포스터를 크게 그렸다. 여의도 광장에 시식 코너도 만들었다.

그렇지만 일본에서 그렇게 바람을 일으킨 컵라면이었지만 한국에는 아직 생소한 것이었다. 사람들의 관심을 끄는 데 실패했다. 이처럼 아버지는 무엇인가를 하시기 위해, 다시 일어나기 위해 몸부림쳤지만 안타깝게도 번번이 실패했다.

나는 대학 3학년에 다닐 수 없을 것이란 두려움과 함께 장학금이라도 받아야 한다는 생각에 열심히 공부했다. 그러나 전액 장학금에는 못 미쳤고, 이등으로 반액 장학금에만 받을 수 있었다. 그러나 내게는 학비보다는 가정을 지탱하는 데 필요한 생활비가 없었기에 학교를 그만두기로 했다. 이에 함께 공부했던 같은 과의 친구들이 돈을 모으며 나를 돕고자 많이 애썼다. 그러나 나는 친구들이 모아 준 돈으로 엄마와 함께 쌀을 사왔다. 지금 다시 돌아봐도 정말로 고마운 친구들이었다.

한양회관에서의 모임은 매주 화요일 오후에 있었다. 나와 식품과의 김양식 자매, 간호학과의 이정섭 자매, 우리 셋 모두 화곡동에 살고 있기에 모임이 끝나면 함께 나와서 같은 버스를 타고 집에 가곤 했다. 버스에서 정섭이가 제일 먼저 내리고, 다음은 내가, 마지막으로 양식이가 내렸다.

그러나 나는 일을 해 가정을 책임져야 했기에 다시 학교를 중단해야만 했다. 그래서 화요모임에 참석할 수 없었다. 또 한 번의 좌절을 맛보았다. 이번에는 학교에 다시 돌아가겠다는, 용수철 같은 집념과 기대가 내게 없었다. 내 가슴은 슬픔으로 채워졌다.

어느 날, 내가 버스를 타고 가다 집 앞에 있는 정류장에서 내렸다. 그런데 거기에 이승원 목자님이 기다리고 계신 것이 아닌가? 화요모임에 참석하지 못하는 나를 만나기 위해, 친구 양식이를 통해 내가 내리는 정류장을 물어보고 찾아온 것이었다. 나는 너무 놀랐고 잊지 못하는 감사의 사건으로 내 마음 깊은 곳에 온전히 남아 있다.

이승원 목자님, 동생과 함께

10. 입사

다시 직장을 구해야 했다. 학교 생각은 이미 접었다. 오래전 아버지와 같이 안면도 간척 사업을 했던 아버지 친구분이 대신통상(왕자표 메리야스)이란 회사를 내게 소개해 주셨다.

그래서 나는 대신통상에 이력서를 제출했다. 그런데 한양대학교 의류학과를 2년 다닌 학력이 이력서에 기록됐기에 실기 시험까지 보아야 했다. 시험관은 내가 의류학과 출신인 것을 알고 시험 문제로 내가 좋아하는 의상을 그려 보라고 했다. 미술엔 소질이 없었지만, 2학년 때 마지막 수업에 열심히 연습했던 작품 스타일화 전시가 생각나 생각 없이 그렸는데 합격했다.

1976년 2월 나는 대신통상에서 일을 시작했다. 지난번 휴학 때는 한양대학교 재단 이사장님이 내 등록금 반액과 휴학계를 내주셨지만, 이번엔 상황이 달랐다. 나는 학교에 연락도 하지 않고 그냥 학교에 가지 않았다. 이 결과 나는 자퇴로 처리됐다.

대신통상에서 일을 시작하면서 나는 또 한 번 좌절을 맛봐야 했다. 나는 사회에 나갈 준비가 전혀 되어 있지 않았기 때문이었다. 오히려 상업 고등학교를 졸업하고 입사한 친구들이 나보다 나았다. 그들은 다양한 직

대신통상 성경 공부 모임

업 훈련을 통해 타자, 부기 등을 배운 후 회사에 입사했지만, 나는 이 모든 것에 문외한이었다.

나는 일단 섬유통괄실에 배치됐다. 그러나 내가 할 수 있는 일은 아무 것도 없었다. 대신통상은 부산과 서울에 공장이 두 곳 있고, 국내 판매보다는 수출 위주였다.

첫 번째 내 임무는 서울과 부산 공장에서 재단과 봉제를 얼마나 했는지 제품명과 제품번호를 전화로 보고받은 후 타자로 쳐서 보고하는 일이었다. 그런데 나는 이때까지 타자를 쳐 본 적이 없었다. 그런데도 나는 다른 직원들에게 뒤떨어지지 않기 위해 모든 면에서 최선을 다하려 애썼다.

바로 이쯤, 언젠가 공부했던 창세기의 말씀이 떠올랐다. 말씀이 내게 직접 와닿기 시작했다. 누가 봐도 실망과 좌절, 그리고 낙담할 수밖에 없는 현 상황에 오히려 기쁨과 소망이 넘쳐 남을 느끼기 시작했다. 이제야 나를 향한 하나님의 사랑을 깨달았다. 내가 좋은 환경에서 대학을 계속 다니는 것보다 하나님을 만난 것이 더 큰 축복임을 알았다. 하나님은 하나님 말씀에 무관심하고 자기 열심으로만 살아가는 나를 이렇게 힘들게 해서라도 가르친 것이다. 나는 드디어 하나님이 나만을 위해 잘 설계한 인도하심 속에 내가 있음을 희미하게나마 깨달았다.

인간의 눈에는 가장 비참했던 나였지만, 나는 과거에 경험하지 못했던 기쁨을 맛보고 있었다. 나는 누구보다 일찍 회사에 출근해 성경을 읽었다. 언제나 기쁨이 넘쳐 얼굴엔 미소가 그치지 않았다. 이제는 옷 입는 자세도 바뀌었다. 남의 눈에 띄는 옷과 몸에 꼭 끼는 옷은 피했다. 머리도 고무줄로 묶었다. 내가 체험한 하나님의 사랑을 전하기 위해 누구에게나 편하게 보이도록 애썼다.

내가 참석하고 있는 교회는 일반 교회와는 다르게 성경 공부 위주의 모임이었다. 누군가가 내게 여의도 순복음교회를 가면 성령을 체험할 수 있다고 했다. 나는 그 주부터 무작정 교회를 찾아갔고, 매주 금요일에는 철야예배까지 참석했다.

주일에는 '오늘은 성령님이 어떻게 역사하실까.'라고 기대하며 여의도 교회에서 아침예배를 드리고, 오후에는 한양회관으로 갔다. 그 당시 조용기 목사님의 설교 말씀은 내가 성령체험을 하기에 충분했다. 그때부터 동생들까지 교회를 같이 다니기 시작했다.

1976년 7월 어느 날 동생 경원과 나는 여의도 순복음교회에서 침례를 받았다. 침례를 받은 우리 둘은 새로 태어난 기쁨을 맛보며 여의도부터 영등포까지 기쁨의 찬송을 부르며 걸었다.

세례를 받은 후 동생과 나는 교회 생활, 신앙생활에 더 적극적이었다. 교회에 일찍 와 동생과 함께 정명소 선생님이 지휘하는 성가대까지 했다. 그때부터 당시 중학생이었던 막내 재원이 까지 함께 교회를 다니기 시작했다.

우리 집은 화곡동, 교회는 여의도에 있기에 집까지 가려면 버스를 갈아타야만 했다. 그만한 재정적인 여유가 없었던 우리는 여의도에서 영등포까지 걸어가기로 했다. 영등포에서는 화곡동 가는 버스가 있기에 말이다.

그러나 한여름이어서 여의도에서 영등포까지 걷는 것은 결코 쉬운 일이 아니었다. 땀과 더위와의 전쟁이었다. 경원이와 나는 막내에게 아이스크림을 하나 사 주면서 함께 영등포까지 걸었다. 나중에 막내가 '언니들은 목마르지 않나 보다.'고 생각했다고 한다.

회사 사무실이 당시 대한항공 건물 안에 있었고, 미도파백화점 옆에 있었다. 길만 건너면 명동이었다. 점심시간만 되면 모든 직원이 점심 식사를 위해 명동으로 갔다. 그러나 나는 월급의 십일조를 떼고, 나머지는 모두 엄마에게 드렸기에 그들과 함께 명동으로 갈 수 있는 처지가 아니었다. 나는 회사에 남아 엄마가 준비한 도시락을 먹었다.

그러나 사무실 안에서 도시락을 먹을 수 없었다. 외국 바이어가 종종 방문하기에 냄새를 풍기면 안 되기 때문이었다. 그래서 빌딩 층마다 있는 청소부 아주머니들이 사용하는 장소에서 그들과 같이 식사했다. 그리고 나는 누구보다 일찍 사무실로 돌아왔다. 텅 빈 사무실이었지만, 전화벨은 여기저기서 울렸다. 나는 뛰어다니며 전화를 받는 등 바쁜 시간을 보냈다.

나의 이 같은 모습을 사장님의 아내인 부사장님이 보게 됐다. 아무도 없는 사무실에서 언제나 환한 미소로 맡겨진 일을 묵묵히 그리고 열심히 하는 미스 문이 부사장님의 눈에 띄었다.

입사한 지 채 한 달도 되기 전에 나는 회사로부터 인정을 받았다. 아무것도 모르는 나였지만, 봉제 파트의 작업지시서를 만들게 되었다. 이때부터 부산 공장, 구로공단의 가리봉동 공장과 여러 하청 공장에서 만드는 수출하는 모든 옷은 모두 나의 작업지시서를 통해 만들었다.

하루는 알지 못하는 곳에서 내게 전화가 왔다. "누구세요?" 대학 2학년 때, 단짝 친구 진선이를 만나러 학교 앞 다방에 갔다가 우연히 미팅에 참석했는데 그때 만났던 남학생이었다. 나는 그냥 다방에 앉아 있다 왔는데, 그 형제는 나를 찾기 위해 수소문한 끝에 대신통상까지 연락한 것이었다. 그는 드디어 나와 연결이 됐다고 좋아했다.

벌써 그 형제의 남동생, 친구, 부모까지 나를 알고 있었다. 남동생과 친구들은 이미 나를 찾아왔고 다음 순서는 대구에서 부모님이 오신다는 것이었다. 그 형제는 나를 찾아 한양회관까지 왔다. 그리고 여름 수양회도 참석했다. 그는 회관 담임인 안 목사님께는 나중에 교회를 지어 주겠다고 약속했고, 나에게는 등록금을 책임질 테니 이제 고생 그만하라고 말했다. 그는 대구에 있는 한 교육자 집안의 아들이었다. 이것은 내가 신앙을 갖자마자 내게 찾아온 유혹이었다.

나는 먼저 내게 많은 관심을 둔 그에게 감사의 표현을 했다. 그러나 나를 향한 그의 장밋빛 미래 계획을 그냥 받아들일 수는 없었다. 나는 그와 몇 번 만나면서 어떻게 하면 그에게 상처를 주지 않고 그를 떠나보낼 수

나의 나 된 것

있을까 생각했다. 나는 이 문제로 그와 앙금이 남지 않기를 간절히 기도하며 그와 헤어졌다. 그리고 조금씩 하나님 중심의 삶으로 나의 무게 중심이 옮겨졌다.

부사장님은 무채색의 옷을 주로 입었다. 검은색이나 회색, 그리고 가끔 밤색 옷을 입었다. 그녀가 안경 너머로 직원들을 보실 때는 무서워 보여 직원들 사이에는 그녀가 아주 무서운 사람으로 소문나 있었다. 그러나 나에게만큼은 자상하신 엄마와 같이 항상 "우리 미스 문은 할 수 있어." 말하곤 했다. 나에게는 하나의 수식어가 더 붙었다. '우리'라는 단어다. 나를 부를 때 그냥 '미스 문'이 아닌 언제나 '우리 미스 문'이라 불렀다.

참으로 나를 아낌없이 사랑해 주셨다. 어느 날 부사장님은 내 책상을 자기 책상 옆으로 옮기게 했다. 말단 여직원의 책상이 부사장님의 책상과 나란히 놓이게 됐다. 그러나 부사장님의 이 같은 배려는 내게는 숨 쉬는 것도 힘들게 했지만 부사장님은 나에 대한 기대가 컸다. 지금까지는 수출을 위주로 회사였지만 국내에서도 판매할 방향으로 회사 정책이 결정됐기에 이 같은 새로운 사업을 나와 함께 확장하고 싶어 했다.

부사장님은 불교 신자였다. 그렇지만 내가 기독교인인 것을 인정했다. 그리고 내가 다니는 교회는 크고 아름답고 멋진 카펫이 깔린 교회라고 생각했다. 그녀는 무엇이든 나와 연결돼 있으면 좋은 곳이라고 생각했다.

어느 날 부사장님은 내게 말했다. 미스 문은 좋은 사람이니 좋은 친구들이 많을 것이라며, 회사에 필요한 직원을 소개하라고 했다. 그래서 같은 교회에 다니는 원현남 자매를 소개해 회사에 들어왔다. 현남 자매가 일을 잘하자, 도경희 자매도 회사에 들어오게 됐다.

대학생 성경읽기회 한양회관에서 친교

나는 학교를 두 번이나 중단해야만 했고 나 자신과 가정의 문제도 제대로 감당하기 힘들었다. 그러나 이 같은 환경에서도 하나님을 의지하며 감사하며 기쁨으로 살아갈 때 오히려 나의 문제는 보이지도 않았다. 문제들은 내게서 꼭꼭 숨어 버렸다. 나는 어느새 나보다 높은 위치에 있는, 부족함이 없어 보이는 사장님과 동료 직원 등을 돕는 자가 돼 있었다.

회사에 대한 나의 기대 중 하나는 월급이 올라가는 것이었다. 그러나 이 같은 나의 기대와는 다르게 1976년 겨울, 대신 통상은 어려움에 직면하고 회사는 '바람 앞에 촛불'이 됐다.

나는 그 와중에도 동생 경원이가 미술을 계속 공부하기를 기도해 왔다. 동생과 내가 돈을 벌어야 할 정도로 가정 형편이 힘들어 대학은 꿈도 못 꿀 때였지만, 나는 동생도 대학에 가기를 꿈꾸고 기도해 왔다.

나의 나 된 것

미술 대학을 가기 위해서는 그 당시 광화문에 있는 모뉴망이라는 미술 입시 학원이라도 보내야 했는데, 가정 형편상 동생을 학원에 보낼 수가 없었다. 그래서 친구에게 만 오천 원을 꾸어 입시 준비를 하도록 동생을 미술 학원에 보냈다.

11. 기적 하나

　내게 돈을 빌려준 친구는 경상도에서 온 친구로 그 돈은 연말에 고향에 내려갈 차비였다. 이 문제를 해결하기 위해 내가 할 수 있는 일은 매주 금요일 철야기도로 하나님께 부르짖는 것이었다. 친구에게 빌린 돈을 갚게 해 달라고.

　시간은 빨리도 갔다. 어느새 연말이 다가왔다. 그리고 그 친구가 고향으로 내려가는 날이 됐다. 그러나 나에게는 친구에게 갚을 돈은 없었다. 그날은 토요일 아침이었다.

　회사에 출근한 나의 몸에 진땀이 흘렀고, 머리조차 제대로 들 수 없었다. 그 친구는 같이 일하는 원현남 자매에게 현 상황을 말했다. "미스 문을 그렇게 안 봤는데 빌려간 돈을 갚지 않는다. 오늘 고향에 내려가야 하는데 말이야."

　나는 12시가 되기까지 머리를 들지 못했다. 일만 하고 있었다. 그러나 흐르는 눈물을 주체할 수 없었다. 아픈 가슴을 붙잡고 기도했다. '하나님 어떻게 하지요? 내가 신문지를 잘라 돈을 만들 수도 없고, 그 친구는 오늘 연말이라 부모님 집에 가야 하는데 어떻게 합니까? 나의 도움이 되시는 여호와 하나님이여 도우소서!'

바로 그때였다. 재정 상태가 극도로 좋지 않았던 회사에서 갑자기 연말 보너스를 오늘 지급한다고 발표를 했다. 기적이 일어난 것이다!

그날 나는 돈을 다 갚을 수 있었다. 조금 전까지 내게 직접 말하지는 못하고 얼굴이 사색이 되었던 그 친구는 "할렐루야, 역시 미스 문이야!"라며 감탄을 연발했다. 그리고 무사히 고향으로 떠났다. 이 모든 것을 옆에서 지켜보던 원현남 자매와 함께 이 같은 기적에 살아 계신 하나님께 감사와 찬송을 드렸다.

·나의 나 된 것·

5

기적 둘

12. 내리막길

그 후 회사는 힘든 상황에 빠졌다. 아내이신 부사장님은 순천향병원에 입원했다. 그때 총무이사로부터 내게 연락이 왔다. 병원에 아무도 없으니 자녀들이 올 때까지 부사장님과 같이 있어 달라고 말이다.

이때부터 나는 집을 떠나 길지 않은 기간이었지만 병원 입원실에서 부사장님의 딸처럼 지냈다. 매일 아침 사장님 차 운전사가 나를 회사까지, 그리고 회사가 끝나면 또 병원으로 데려다주곤 했다. 병원에 도착하면 부사장님은 병원에서 나를 위해 저녁 식사를 준비해 놓곤 했다. 병원 측에서도 나를 부사장님의 딸로 여기고 있었다. 우리는 엄마와 딸처럼 일과를 이야기하며 회사의 분위기에 관해서도 대화를 나누었다.

나는 순복음교회에서 나오는 신앙계 잡지를 사서 그 속에 편지를 넣어 운전사가 갈 때마다 사장님께 보내 드렸다. 사장님 운전사는 면회 갈 때마다 나에게 먼저 사장님께 보낼 것이 있냐고 물어보곤 했다.

옥중에 계시는 사장님께 보낸 편지 하나를 소개한다.

"존경하는 사장님께, 사장님, 많이 힘드시죠? 저를 포함한 회사

나의 나 된 것

직원 모두 저희와 떨어져 좋지 않은 환경 속에 계시는 사장님을 언제나 잊지 않고 있습니다. 사장님이 일구어 놓으신 일터에서 저희는 오늘도 사장님의 저희를 향한 기대에 어긋나지 않기 위해 최선을 다하고 있습니다. 사장님과 다시 만날 날이 속히 올 줄을 믿고, 제가 믿고 의지하는 능력의 하나님께 기도합니다. 다음 서신 때까지 안녕히 그리고 건강히 계세요."

– 미원 드림

13. 기적 둘

이 와중에 나는 동생 경원이를 미술 대학에 보내기 위해 준비시키고 있었다. 가정 형편이 어려워 어머니는 동생이 대학에 다시 도전하는 것을 그리 반기지 않았다. 그러나 나는 동생이 공부할 시기를 놓치면 안 된다고 생각해 강하게 밀어붙였다. 드디어 동생은 홍익미술대학에 합격했다.

그러나 기쁨은 잠시였다. 여전히 등록금이 없었다. 남은 기한은 일주일 뿐이었다. 이번에도 안 되면 동생은 두 번씩이나 상처를 받아야 했다. 누구에게도 동생이 대학에 간다거나, 더군다나 등록금 이야기는 할 수 없었다. 주위 분들이 우리가 어떻게 사는지 다 알고 있었기 때문에, 동생이 대학을 간다고 하면 비웃음과 조롱의 말만 무성했을 것이기 때문이었다.

내가 할 수 있는 일은 하나님 앞에 엎드리는 일밖에 없었다. 그런데 회사마저 계속 힘들었다. 염료, 편직에 필요한 실값 등을 지불할 금액은 늘어나고 있었다. 어떤 회사는 돈을 받기 위해 회사로 직접 찾아오기도 했다. 학교 등록은 토요일 정오까지 마감이기에 목요일에 총무이사님께 "동생 대학 등록금이 필요한데 가불 좀 할 수 있을까요?"라고 여쭈어봤다.

의외로 총무이사님은 이번 토요일 한일은행에서 대출을 받기로 했는데 대출이 나오면 주시겠다고 했다. 그러나 은행에서 대출받기란 쉬운 일이 아니었다. 왜냐하면, 회사의 불미스러운 사건들이 업계에 벌써 퍼져 있었기 때문이었다.

금요일 저녁 직장에서 일이 끝나고 순복음교회로 달려갔다. 철야기도 하며 하나님께 매달릴 수밖에 없었다.

토요일 새벽 집에 돌아오자 어머니는 내게 등록금이 해결됐냐고 물었다. 나는 하나님께서 해 주신다는 응답을 받았으니 무조건 동생을 사무실로 보내라고 말했다. 그리고 회사로 출근했다.

두 동생은 아침 열 시부터 와서 사무실에서 기다리고 있었다. 비록 기도는 했지만, 하나님께서 책임져 주실 것이라고 확신했지만, 어느새 등줄기에서 식은땀이 흐르는 것을 느낄 수 있었다.

바로 이때, 총무과 직원이 뛰어 들어오며 외쳤다. "한일은행에서 600만 원이 나왔다!" 큰 회사에서 600만 원은 지극히 적은 액수였지만, 회사가 처한 상황을 고려한다면 분명히 기적이었다.

그러나 은행에서 대출이 나왔지만, 회사 형편을 잘 아는 나였기에 크게 숨을 한 번 들이켰다. 어느새 눈에서 흐르는 눈물을 주체할 수 없었다. 그리고 나는 크게 심호흡을 하면서 피 같은 문장을 토했다. "하나님 믿습니다. 감사합니다." 얼마 후, 그 어떤 절차도 없이 총무과장은 내게 돈을 건네주었다.

그날 동생은 무사히 대학에 등록했다. 나중에 총무과 과장이 내게 말했다. 은행 대출이 나온 것은 기적이었다고, 자신도 무척 놀랐다고, 과장님의 이 같은 말을 듣고 나는 확신했다. 하나님이 나를 축복하시기 위해, 내기도에 응답 주시기 위해 회사 대출을 허락한 것이다!

"예수께서 그들에게 이르시되 항아리에 물을 채우라 하신즉 아
귀까지 채우니 이제는 떠서 연회장에게 갖다 주라 하시매 주었
더니 연회장은 물로 된 포도주를 맛보고도 어디서 났는지 알지
못하되 물 떠온 하인들은 알더라."(요 2:7-9)

내가 물을 떠 와 항아리에 채운 하인들 가운데 한 명이 됐다.

기도 후 눈을 뜨니, 내 앞에 총무과 과장이 서 있었다. 예수님이 말씀에
순종한 하인만이 물이 변하여 포도주가 된 것을 알았듯이, 나 또한 하나
님께 순종했을 때 기적을 체험할 수 있었다. 아무것도 모르시고 내게 돈
을 전달해 주셨던 총무과 과장님의 '깜짝 놀람'은 하나님의 살아 계심이
현실 세계를 방문했을 때 나타나는 지극히 당연하고 순수한 현상이라 생
각했다.

몇 달 뒤 부사장님을 자택에서 만났을 때 부사장님은 내게 "동생은 대
학에 입학했냐."고 물었다. 나는 그때야 부사장님의 배려에 뜨겁게 감사
할 수 있었다.

나의 나 된 것

14. 삼도물산

결국, 대신통상은 버티지 못하고 삼도물산으로 넘어갔다. 삼도물산 본사가 여의도에 있었기 때문에 우리도 여의도 사무실로 이사를 해야 했다. 감사하게도 이사는 나를 여의도 순복음교회와 아주 가까운 거리로 연결해 주었다. 매주 금요일 철야예배에 참석하기가 한결 쉬워졌다.

나는 삼도물산의 직원이 되었다. 같은 섬유통괄실에서 근무하게 됐다. 우리 부서의 대표 이상서 부장님을 중심으로 편직과 염색, 봉제 패킹까지의 일을 했다. 나는 봉제 부서를 계속 담당했다.

아무에게도 내가 대학을 다녔다는 말은 하지 않았다. 그런데 어느 날 이상서 부장이 한양대학교 섬유공학과를 나오셨다는 말씀을 하기에 나도 얼떨결에 나도 한양대학교를 2년 다녔다고 말했다.

나는 하나님 사랑과 기도 응답에 대한 더할 나위 없는 확신과 함께 전도에 불탔다. 어디든 그냥 지나갈 수가 없었다. 그래서 복사 담당 직원부터 시작해 이상서 부장님, 상무님, 사장님에 이르기까지 온 직원이 내 전도의 대상이었다. 보통 그렇게까지 전도를 하면 밉상이 되기에 십상인데, 나는 반대로 모든 분의 사랑을 받는 설명할 수 없는 모습으로 직장 생활을 했다.

아침에 출근하면 이상서 부장님 얼굴부터 살폈다. 어젯밤에 또 술 마시는 자리에 가셨는지 벌써 눈 주위만 봐도 알 수 있었다. "건강을 생각하셔서 그만하세요."라고 여러 차례 말씀드렸지만, 업무상 끊기가 쉽지 않으셨다. 나는 냉수에 설탕을 많이 넣어 녹을 때까지 저어서 이상서 부장님께 드리곤 했다.

어느 날, 이미 2주 전에 약속했듯이 이상서 부장님 댁을 방문했다. 그리고 사모님께 가시고 싶으신 교회가 있으시면 같이 가자고 말씀드렸다. 그래서 그 주일은 이상서 부장님 댁에 가서, 사모님이 그 동네에서 가시기 원하는 교회에 이상서 부장님의 아버님, 사모님과 아들과 딸과 함께 갔다. 그리고 교회 목사님께 이 가정을 잘 인도해 달라고 부탁했다.

나는 그저 맡겨진 일을 했을 뿐인데, 언제나 나를 믿어 주시고 인자한 모습으로 바라봐 주시고 나를 아껴 주셨던 그분들의 사랑을 잊을 수가 없다.

이상서 부장님과 상무님께서 각 공장에 미스 문이 만든 작업지시대로 만들라고 자랑스럽게 명령하셨다. 그러나 때론 갑자기 변경된 바이어의 요구를 미처 알지 못해, 완전치 않은 작업지시로 옷을 잘못 만들기도 했다. 나의 부주의로 어려움이 있을 때, 이분들은 나를 야단을 치시기는커녕 문제를 해결하기 위해 바쁘게 각 공장을 찾아다니시며 애를 많이 쓰셨다. 나는 그들의 그 같은 수고에 죄송하다는 말씀도 제대로 못 했다.

그러나 계획과는 다르게 내 사무실이 가리봉동에 있는 구로공단으로 이사하게 되었다. 보다 효율적으로 공장을 가동하기 위함이었다. 대부분은 본사에서 공장으로 가게 되면 싫어했지만, 나는 공장에 전도 대상이 더 많다는 이유만으로 오히려 기뻐했다.

·나의 나 된 것·
6

기적 셋

안양지역도시기록연구소 제공(1977년 7월 8일)

15. 공장으로 출근

공장으로의 출근은 언제나 가슴이 설레는 일이었다. 그렇지만 공장은 격주로 일요일을 쉬었다. 나는 격주로 결근할 수밖에 없었다. 다행히 이것이 큰 문제가 되지 않았다. 나는 이에 하나님께 감사하면서 공장에서 일하는 직원들 가운데 기독교인을 찾았다. 그리고 점심시간이 되면 찬송가 테이프를 틀어 방송하기 시작했다.

찬송을 듣고 어느덧 하나둘씩 모이기 시작했다. 그래서 어느 정도 모이자 우리는 정규적으로 모임을 하기로 했다. 이들은 작건 크건 모두 상처가 있는 자매들이었다. 지방에서 가정을 살리기 위해 올라온 어린 자매들이었다. 나는 이들에게 요한복음을 가르쳤다.

공장 안에 기숙사가 있어 기숙사에 사는 자매도 있었지만, 공장 밖에서 방 하나를 얻어 자취하는 자매들도 있었다. 자취방은 방과 딸린 부엌 하나인 열악한 환경이었다. 나는 돌아다니며 마치 내가 그들의 부모가 된 듯, 그들을 위로도 하고 함께 기도도 했다. 이제 자매들도 의지할 언니가 생겼기에 기뻐했다.

당시에는 보이지 않는 차별이 있었다. 화이트 계급과 블랙 계급으로 나뉘어 있었다. 공장 안에서 일하면 블랙 계급, 사무실에서 일하면 화이트 계급이었다. 그런데 사무실에서 일하며 봉제 부서를 맡은 미스 문 언니가 그들의 편이 되어 돕고 있었기에 그들에게 희망이 생겼고 그들도 자부심을 가질 수 있었다.

우리는 성경 공부도 같이했다. 예수님의 사랑은 내 가정, 내 회사, 그리고 모두를 사랑하는 것이기에, 매일 점심시간에 함께 식당 청소도 하고, 공장 주위 화단에 꽃도 심었다. 당시에는 화장실이 수세식이 아니라서 상태가 좋지 않았다. 그러나 우리가 화장실을 깨끗이 하고 페인트를 칠하자 화장실은 새롭게 거듭났다. 그래서인지 화장실로 향하는 발길들이 멈추지 않아 언제나 만원사례가 됐다.

우리 모임은 이제 회사 내 모든 사람에게 알려지게 됐다. 공장장님까지 모임에 관심을 갖게 되었다. 그리고 나는 직원들이 다니는 교회에 참석하기도 했다. 그때 가리봉교회의 한상면 목사님도 뵈었다. 그 교회에는 공장별 모임을 한눈에 볼 수 있는 도표도 있었다.

가리봉교회 안에서 공장별 합창 경연대회가 있었다. 나는 그들을 각 파트를 나눠서 가르치고, 지휘까지 하며 찬송을 불렀다. 감사하게도 우리 팀이 1등을 했고, 총무과장님이 우승 트로피를 받으셨다.

내가 공장에 입사한 지 3개월이 되어 가고 있었다. 우리 모임은 언제나 기쁨이 충만했고 자부심도 대단했다. 한 직원은 고등학교에 진학도 했다.

그런데 갑자기 이 부장님께서 우리 부서가 다시 본사로 가게 되었다고 발표했다. 우리 부서는 직접 옷을 만드는 공장과도 연결되어 있지만, 수출 파트와도 깊이 연결되어 있었기 때문이었다. 나는 갈 수 없다고 우겼다. 이 부장님은 "그럼 미스 문만 공장에 남아. 아이들 때문에 그렇지?"라

합창 경연대회에서 우승 후 트로피와 함께

고 하면서 웃으셨다. 한편으론 이 부장님도 공장에서의 나의 모든 행동
을 잘 아시고 계셨기에 속으론 자랑스러우신 것 같았다.

공장을 떠날 시간이 점점 다가오고 있었다. 나는 숙고한 뒤 한 달에 한
번 회사 내에서 종업원들이 예배드릴 수 있는 시스템을 만들어야겠다고
생각했다. 가리봉교회 한상면 목사님과 공장장님과도 상의했다. 그리고
공장장님의 허락을 받은 후 교회에서 작은 오르간까지 빌려 와서 예배를
드렸다!

그날 그 교회 장로님도 여러분 오셔서 축하해 주셨다. 그리고 소금 뿌
리던 공장에서 어떻게 이런 기적이 일어났느냐며 제 손을 잡아 주었다. 정
확하지는 않지만, 공장 직원은 총 700명이며, 그날 예배에 150명 정도 모
였다. 대신통상이 생긴 이래 처음으로 드린 예배였다. 감격이 넘치는 예
배였다. 예배 후, 나는 한상면 목사님께 우리의 모임이 지속될 수 있도록
계속적인 관심과 도움을 부탁드렸다.

나의 나 된 것

우리 부서는 삼도 본사로 이사했다. 본사에는 교회 친구 원현남 자매와 삼도에서 오래 일하셨던 미스 이 언니가 나를 기다리고 있었다.

당시 삼도물산은 수출 위주의 기업으로 박정희 대통령이 '경제개발 5개년 계획'으로 수출을 장려하고 있었기에 승승장구하고 있었다. 여의도에 본사 사옥이 있었지만, 사옥이 포화 상태라 우리는 그 옆 건물을 사용했다. 이렇게 삼도물산은 성장 가도를 달리고 있었다.

당시 박정희 대통령은 연간 100억 불 수출을 목표로 이에 기여한 기업들에 12월 수출의 날에 상을 주었다. 삼도물산도 이 목표를 달성하기 위해 총력전을 펼쳤고, 드디어 목표를 달성했다. 이에 회장님은 박정희 대통령으로부터 수출탑을 받으며 몹시 기뻐하셨다.

회사의 일은 점점 늘어났다. 그러나 나는 전도에 열심이었기에 행여나 전도하느라 회사 일을 등한시하거나 회사에서 주어진 시간보다 적게 일한다는 지적을 받지 않기 위해 일주일에 한 번씩은 꼭 야근했다. 아무도 모르게 사무실에 혼자 남아 일하기도 했다.

16. 예배와 기적 셋

공장에서 예배드린 지 어느새 한 달이 되어 갔다. 나는 7월 예배를 위해 가리봉교회 한상면 목사님과 연락을 취하고 있었다.

7월 예배 날짜는 1977년 7월 8일(금요일)로 날짜가 정해졌다. 그리고 나는 매일 공장장님께 편지를 썼다. 꼭 참석해 달라는 간곡한 편지였다. 당시는 본사에서 매일 공장으로 우편이 갔다. 그리고 나는 자주 작업지시서를 공장에 보내야 했기에 편지 보내는 일은 어렵지 않았다.

7월 8일 원현남 자매와 나는 조금 일찍 퇴근하면서 공장으로 향했다. 비가 오고 있었다. 큰비였다. 그러나 우리는 크게 신경 쓰지 않았다.

버스를 타고 가리봉동 근처까지 왔다. 그러나 택시들은 이미 공단으로 들어갈 수 없었다. 버스는 그래도 2공단까지는 갔다. 그러나 더 이상은 갈 수 없었다. 우리는 3공단까지 가야만 했지만, 2공단에 내려서 걸어서 한일합섬 공장을 향했다.

폭우로 이미 전기도 끊겼고 일반전화도 끊겼다. 한일합섬 공장에서 공장끼리 연결하는 손으로 돌리는 전화로만 겨우 연결할 수 있었다. 나중에 알았지만, 비가 너무 심하게 왔기에 전 종업원이 퇴근 못 하고 예배를

　　　　　　　　　　　　　　나의 나 된 것

드리고 있었다.

이 얼마나 엄청난 소식인가? 직원들이 폭우로 퇴근하지 못해 삼삼오오 모여서 웅성대고 있는 것이 지극히 자연스러운 모습이 아닌가? 그런데 다른 많은 가능성을 배제하고 예배를 드렸다? 이 얼마나 깜짝 놀랄 사건인가?

내가 매일 공장장님께 예배에 참석해 달라고 편지를 드려서인지, 야간 고등학교에 다니는 학

안양지역도시기록연구소 제공, 영등포 지역

생 몇 명만 빼고, 공장장님을 비롯해 거의 모든 직원이 퇴근하지 않고 남아 있었다.

현남 자매와 나는 2공단부터 3공단까지 허리까지 차오르는 물을 헤치며 걸었다. "저 높은 곳을 향하여 날마다 나아갑니다." 우리 둘의 입에서는 찬송이 나왔다. 그리고 하늘나라에 소망을 두며 두려움 없이 걸었다.

나는 폭우로 가방 속에 있는 성경책이 젖을까 봐 우산으로 가방을 가렸다. 성경은 내게는 생명과 같이 귀중했기 때문이었다.

나는 기독교 학교인 배화여자고등학교를 다녔기에 이전까지는 학교에서 받은 아주 작은 성경책 하나만 갖고 있었다. 그러나 나의 소원은 큰 성경책을 갖는 것이었다. 당시 큰 성경은 한 권에 3,000원이었다. 나는 가격이 너무 비싸서 쉽게 사지 못하다 겨우 돈을 모아서 힘들게 산 성경책이었다. 바로 그 성경책이 비에 젖고 있었다.

가구들이 둥둥 떠내려오고 있었다. 이 같은 악조건을 물리치며 우리는 무사히 공장에 도착했다. 이에 목사님과 온 직원들이 힘찬 박수로 반겨주었다. 여자 직원들은 언니가 살아 돌아왔다고 얼싸안고 함께 울었다.

예배 후, 여자 기숙사 방의 샤워실에서 샤워했다. 그런데 몸에서 나는 냄새는 여전했다. 아무리 물로, 비누로 닦아도 냄새가 사라지지 않았다. 당시는 대부분 수세식이 아닌 재래식 화장실이었다. 폭우로 화장실이 넘쳐 거리로 흘렀기에 우리는 각종 오물로 목욕을 한 것이었다.

샤워 후 입었던 옷을 빨았다. 그러나 옷을 아무리 빨아도 냄새가 가시지 않았다. 옷을 입을 수가 없어 할 수 없이 공장에 있는 티셔츠를 입었다. 그리고 그날은 공장 기숙사에서 자고 다음 날 본사로 출근했다. 정말 내 평생에 잊을 수 없고 잊어서도 안 되는 사건이었다.

공장장님께 예배에 참석해 달라고 매일 편지를 썼기에 공장장님도 그날 참석했다. 이에 다른 직원들도 덩달아 퇴근하지 않고 예배에 참석했다. 다른 공장에서는 직원들이 퇴근하다 사고로 피해를 보기도 했지만, 우리 공장은 야간 고등학교에 다니는 학생들 외에는 거의 모두 공장에 남아 있었기 때문에 인명 피해가 전혀 없었다.

안양지역도시기록연구소에 따르면 이달은 기상청 창설 이래 최대 강우량을 기록했다. 6만 명의 이재민과 300명 가까이가 사고로 사망했다. 이 얼마나 대형재난이었나?

그러나 그 가운데서도, 하나님이 우리와 함께하셨기에 우리는 모두 하나님이 베푸신 기적에 목 놓아 감사할 수 있었다. 많은 감사의 제목이 있다. 그중의 하나는 다음과 같다.

폭우가 쏟아지자 많은 직원이 퇴근을 미루고 회사에 남아 있었다. 그리

안양지역도시기록연구소 제공

고 공장에는 다양한 기계들이 즐비했다. 만일 기계들이 물에 잠기기라도 했다면 어떻게 됐을까? 생산에 치명적인 타격을 입었을 것이다. 그러나 감사하옵게도, 그리고 다행스럽게도 많은 직원이 퇴근하지 않고 회사에 남아 있었기에 기계가 물에 잠기기 전에 모두 힘을 합하여 폭우로 말미암아 회사에 들어온 물을 퍼낼 수 있었다. 다음 날부터 기계를 가동하는 데 전혀 문제가 없었다. 수출하는 회사라서 선적기일을 지키는 것이 절대적이었기에 더욱 감사한 일이었다. 모두가 함께 목격하고 체험한 기적이었다.

"우리 주의 은혜가 그리스도 예수 안에 있는 믿음과 사랑과 함께
넘치도록 풍성하였도다"(딤전 1:14)

나의 나 된 것

17. 부흥의 역사

공장에서 두 번째 예배를 드렸던 소식은 회사 전체에 알려졌다. 회장님과 사장님에게까지 보고가 되었다. 그때부터 그 두 분은 나의 든든한 후원자가 되셨다. 회장님은 불교 신자이셨지만 언제나 나만 보면 기뻐하셨다. 사장님은 연세대학을 나오셔서 기독교에 열린 마음으로 나를 도와주었다.

본사에 온 후 미스 이 언니와 함께 동역하며 모임을 만들어 갔다. 모임 장소도 사장님이 기꺼이 제공하셨고 아낌없이 모임을 후원했다. 삼도물산에서 처음으로 기독교 신우회가 조직된 것이다. 이승원 목자님(지금은 뉴욕천성교회 목사)이 오셔서 우리는 매주 성경 공부 모임과 한 달에 한 번 예배를 드렸다.

당시에 이승원 목자님과 매주 금요일 여의도 순복음교회 철야 기도회를 참석하기도 했다. 이승원 목자님은 철야기도를 하러 가는 내가 저녁을 거르고 갈 것을 염려해서 가끔 삼립 빵을 갖고 오시기도 했다. 이 같은 주안에서의 사랑은 내게 큰 위로와 힘이 되었다.

어느 날, 밤 11시 철야기도 모임에 가고 있었다. 버스에서 알지 못하는 한 형제님이 어디를 가느냐고 물었다. 내가 기도하러 교회에 간다고 하자 교회까지 같이 가서 기도한 적도 있다. 그날은 최자실 목사님께서 설교하셨다. 나는 이름도 모르는 이 청년에게 오늘의 경험이 그의 인생의 터닝 포인트(turning point) 될 수 있기를 기도했다.

삼도물산의 모임을 통해 구자미 자매님을 만났다. 구자미 자매님과 한양회관에서 일대일로 창세기 성경 공부를 하면서 구 자매님이 음악에 관심이 많다는 것을 알게 되었다. 그래서 나는 구 자매가 음악 대학에 들어가도록 도왔는데, 기독음대 피아노과에 입학하게 되었다. 졸업 후 피아노 학원도 개원하고 전도사인 남편을 만나 목회자 사모의 길을 걸어가게 됐다.

몇 년 전 김안심 자매도 권사가 되어 교회를 열심히 섬기고 있다고 연락이 왔다. 이렇게 우리 모두는 그때 그 시절을 오래도록 잊지 못하고 있다.

나의 직속 상관이셨던 이 부장님은 언제나 나를 격려하며 나의 힘든 모습을 볼 때마다 안타까워하셨다. 결국, 이 부장님은 내가 학교에 복학할 수 있도록 도와주셨다.

한양회관 모임

나의 나 된 것

·나의 나 된 것·

7

기적 넷

18. 재입학: 기적 넷

회사에는 미국 방, 일본 방, 유럽 방 등 여러 개의 쇼룸이 있었다. 어느 날이었다. 다음 날이 구정이라 직원들은 거의 다 퇴근하고 몇 남지 않았다. 이 부장님이 나를 수출하는 옷들이 진열된 쇼룸으로 불렀다. 언젠가 부장님에게 나도 대학을 2년 다닌 적이 있다고 말한 것을 기억하고 있었다. 이 부장님은 내가 대학에 다시 갈 수 있도록 등록금을 마련해 주시겠다고 말씀했다.

나는 내 귀를 의심했다. 그러나 나는 단호하게 이 부장님께 말했다. 호의는 감사하지만, 호의를 받을 수 없다고. 이에 이 부장님은 안 된다고 하시며 "미스 문은 그동안 회사 내에서 많은 사랑을 보여 주었어. 사랑의 빚을 갚게 해 달라."고 부탁했다.

다음 날 나는 회사에 출근할 수 없었다. 회관으로 달려가 안병호 목자님과 어떻게 해야 할지 상의했다. 안 목자님은 하나님께서 주시는 것이니 받으라고 조언해 주셨다.

내 할머니께서 이 소식을 듣고 삼도물산까지 찾아와 이 부장님께 90도 각도로 감사의 인사를 하셨다.

나는 1978년 3월에 한양대학교에 재입학했다. 입학금과 등록금을 내고 3학년에 입학한 것이다. 이것은 내 생각과 기대를 뛰어넘은 기적이었다. 역시 하나님은 이렇게 멋진 분이셨다.

내게는 나 자신과 가정의 문제가 열 손가락으로 꼽아도 모자랄 정도로 많았다. 그러나 주님께서 주신 은혜를 다른 사람과 나누고자 하는 단 하나의 열정으로, 모든 걱정을 주님께 맡기고, 내가 만나고 체험했던 사랑을 실천하며, 앞만 보고 달려온 나에게 하나님은 이렇게 멋지게 축복하셨다.

공장에서 미스 문 언니가 회사를 그만두었다는 소문이 돌았다. 그러나 누구도 왜 그만두었는지는 몰랐다. 그 시절에는 대학을 다니지 않은 직원들이 많았기에 나는 직원들에게도, 사무실에서도, 대학 이야기를 한 적이 없었기 때문에 더욱 그랬다.

어느 날 공장에서 같이 일했던 두 자매가 나를 보고 싶어서 물어물어 한양회관까지 찾아왔다. 너무나 반가웠다. 그러나 두 자매는 언니가 대학에 가느라고 회사를 그만둔 것을 알게 됐다. 그것은 일반 교회가 아니라 입구 간판에 '대학생 성경읽기회'라고 쓰여 있었기 때문이었다. 나는 정말 가슴이 아팠다. 눈에 눈물이 어느새 고였다. 내가 그 자매들에게 큰 상처를 준 것 같아서 말이다.

대학에 재입학한 뒤 주위를 보니 다른 학생들은 모두 큰 어려움 없이 학교 다니는 것 같았다. 꼭 나만 어려움을 당하는 느낌이 들어서 하나님께 기도했다. '하나님 제가 당하는 고난이 고난으로 끝나지 않게 해 주세요. 그것을 통해 내 인생에 배움과 발전이 있게 해 주세요.' 고난을 통해 완전히 다른 인생을 사는 나는 늘 이처럼 기도했다.

대학 생활을 처음 2년은 나 자신의 충족을 찾기 위한 몸부림이었지만 재입학 후, 3학년부터는 하나님 중심의 삶이었다. 나는 교통비가 없으면 걸어서 가고, 먹을 것이 없으면 굶었지만, 이 같은 어려움에 비해 내가 받은 축복이 너무나 컸다.

학교로 돌아온 후, 강순이 학과장님은 나를 대대적으로 환영해 주었다. 여학생회장을 하라고 추천까지 했다. 당시에는 교수님들의 추천과 학생처의 인터뷰로 학생회장을 뽑았다.

학교에 돌아오자마자, 내게 이처럼 부담스러운 일들이 생겼다. 나는 학생회장이라는 명예와 이에 걸맞은 활동 등으로 복학 후의 시간을 보낼 수 없었다. 그러나 강순이 학과장님께는 나의 이 같은 생각을 밝힐 수 없었다. 너무 실망하실까 봐 말이다. 나는 아무 말도 못 하고 학과장님 방을 나왔다.

내가 다시 학교에 돌아올 수 있었던 것은 전적으로 하나님의 은혜였다. 다른 것으론 설명할 수 없었다. 하나님의 은혜로 다시 학교로 돌아왔기에 나는 한양대학교 복음화를 위해 나를 온전히 바치기로 했다. 그 무엇보다, 학생회장보다 하나님의 일을 먼저 해야 한다고 결정했다.

드디어 학생처와 인터뷰를 하러 학생과에 갔다. 그때 최선근 학생처장님의 "우리가 너를 뽑아 주면 학교 일을 하겠느냐?"고 물어보셨다. 나는 "아닙니다. 저는 할 수 없습니다."라고 답했다. 처장님은 "다른 학생들은 하고 싶어 하는데 너는 왜 하고 싶지 않지?"라고 반문하셨다.

나는 그 자리에서 신앙 간증을 시작했다. "나는 하나님의 은혜로 다시 학교에 돌아왔습니다. 하나님의 일을 먼저 하고 싶습니다."라고 대답하

나의 나 된 것

자 처장님께서는 "너 같은 학생이 학교 일도 해야 한다."라고 하셨다. "부담이 적은 직책을 주면 하겠느냐?"고 다시 물어보셨다. "네, 그럼 하겠습니다."라고 답한 나는 사범대학 학생회장을 맡게 됐다.

그 후 전국 여대생 새마을 연수교육에 참석해야 했다. 한양대학교에서는 다섯 명의 여학생이 뽑혔기에 우리는 모두 가야만 했다. 준비물을 받으러 학생과에 갔는데 주일 세 시까지 삼청동 새마을 연수원에 가라고 했다. 나는 오후 세 시까지는 못 간다고 했다. 한양회관 모임이 오후 세 시에 예배를 시작하기 때문이었다. 그것도 내가 찬송가 반주를 해야 하므로 더욱 시간을 맞출 수 없다고 했다. 고병두 학생과장님께서 아침예배를 보고 꼭 그 시간에 가야 한다고 내게 당부하셨다.

이 같은 상황에도 나는 아무 일이 없었다는 듯이 오후 세 시에 예배를 드리고 모임을 다 마친 뒤 일곱 시에 새마을 연수원에 도착했다. 연수원에 들어갔는데 학생장을 뽑고 있었다.

전국 여자대학생대표 156명이 모였다. 나만 지각했다. 그런데 나를 알지도 못하는 처음 만나는 학생들이 나를 지목하며 학생장을 하라는 것이었다. 이렇게 타의로 학생장이 된 나는 일주일 동안 156명의 전국 여자대학생대표를 이끌고 무사히 교육을 마쳤다.

연수원 측에서는 오후 세 시까지 내가 오지 않자 문교부로 연락을 했고, 문교부는 한양대학으로 연락했다. 학교는 잠시 비상이 걸렸었다. 그러나 내가 학생대표로 표창장을 받고 돌아가자 모든 것이 풀렸다.

신앙생활을 시작한 지 얼마 되지 않는 내가 그 같은 문제로 학교 측과 부딪쳤다면 나는 무척 힘들었을 것이다. 그러나 모든 것을 아시는 하나님께서 부족한 나를 전국 여대생 모임에서 학생장을 하게 하셔서 모든 문제를 해결해 주셨다. 나는 먼저 할 일을 먼저 했을 뿐인데 말이다. 교회의 반주를 치는 것은 연수원에 들어가기 전의 하나님과의 약속이었기 때문에 의심의 여지없이 먼저 할 일이었다.

전국 여대생 새마을 연수교육, 한양대학교 대표들, 1978년 봄

"너희는 먼저 그의 나라와 그의 의를 구하라 그리하면 이 모든 것을 더하시리라"(마 6:33)

말씀대로 내게 이루어졌다. 아멘.

어느 날 학교 안에서 언덕을 올라가고 있었다. 누군가가 웃으시며 내가 올라오길 기다리고 계셨다. 가까이 가 보니 최선근 학생처장님이셨다. 반갑게 맞아 주셨다. 이미 처장님께서도 모든 소식을 들어 잘 알고 계셨다.

나의 나 된 것

봄 학기 오월이 되면 대학 축제가 열린다. 사범 대학에서도 축제를 준비해야 했다. 식품영양학과에서는 음식을 만들고, 의류학과에서는 나염 손수건도 만들었다. 각 과에서 할 수 있는 일을 준비해서 팔기로 했다.

그 일을 위해 나는 학교에 예산을 신청했다. 그리고 각 과에 예산에 따라 나누어 주었다. 그런데 모두 장사를 잘해서 이익을 많이 남겼기에, 원금은 돌려받았다. 왜냐하면, 원금으로 학교에 도움이 되는 일을 하고 싶었기 때문이었다.

사범대 박대순 학과장님과 상의 후, 사범대학 앞에 등나무가 있는데 받침대가 없어 높이 올라가지 못한다고 하셔서 등나무 받침대를 세우기로 했다.

학교 안에 공사하는 아저씨들이 있어 같이 청계천에 가서 재료를 산 후 공사를 했다. 그런데 학생처에 갔더니 고병두 학생과장님께서 김연준 총장님께서 나를 만나고 싶어 하신다고 말했다.

"어떻게 총장님께서 그런 것까지 아시나요?" 하고 질문했더니, "학교 시설을 위해 공사하시는 분들이 공사했기 때문."이라고 말씀했다. 그 어떤 학생이 학교 시설에 이처럼 관심을 가질 수 있을까? 총장님은 작은 공사였지만 세세한 것까지도 알고 계셨다.

오래전 한국을 방문해 한양대학교를 방문할 기회가 있었다. 그때 그 등나무 받침대가 그대로 세워져 있음을 보고, 친구인 채미자 목자님께 이에 대한 사연을 설명해 드렸던 기억이 난다.

"이는 모든 씨보다 작은 것이로되 자란 후에는 나물보다 커서

나무가 되매 공중에 새들이 와서 그 가지에 깃들이느니라"(마
13:32)

나는 많은 후배가 풍성해진 등나무 그늘 아래서 쉼을 얻기를 기도했다.

봄 학기를 마치며 종강예배를 사범대학 강의실에서 홍귀표 목자님(현
재 시카고 다민족교회 목사)을 모시고 드렸다. 그때도 오르간을 회관에
서 운반하여 찬송 소리가 크게 그리고 멀리 울려 퍼지게 했다.

여름 방학이 되면 여름 수양회를 닷새씩 가곤 했다. 나는 회비를 낼 돈
이 없을 때가 많았는데, 종종 단짝 친구 진선이는 나 몰래 회비를 내주곤
했다. 친구의 이 같은 눈에 보이지 않는 도움을 나는 알고 있었으면서도
고맙다는 말도 제대로 못 했다.

나의 나 된 것

19. 최선근 학생처장님과 만남

그 후, 최선근 학생처장님은 나에게 특별한 관심을 보여 주셨고 학생 처장실에서 자주 뵙곤 했다. 학생처를 지나가면 어김없이 처장님 비서가 나를 부르곤 했다. "처장님 계세요. 뵙고 가세요."

그때는 잘 몰랐지만, 최선근 학생처장님은 일본 동경대학에서 물리학 박사 학위를 받으셨고, 일본에서 공부하실 때 우치무라 간조의 무교회주 의에 영향을 많이 받았다. 그리고 양정고등학교 교사이셨던 김교신 선생 님의 이야기도 나와 많이 나누었다. 김교신 선생님 전집도 시중에서는 구할 수 없었는데 처장님께서 구해 주셨다.

처장님은 조금씩 마음의 문을 여셨고, "미스 문하고 있으면 살아 있음 을 느낀다."고 기뻐하셨다. 작은 우리 모임에도 관심을 가지시게 되었다. 우리 모임은 학교 밖에서 하는 학생운동이었는데 처장님은 학교 안에서 도 활동할 수 있도록 장소를 만들어 주셨다. 그래서 다른 기독 동아리로 부터 부러움을 사기도 했다. 또한, 처음으로 학교 안에서 '창세기 말씀 잔 치'를 하도록 일주일 동안 중강당을 사용하도록 허락해 주었다. 학교동아 리로서 면모를 갖추기 위해 지도교수까지 연결해 주었다.

전자공학과의 임인칠 교수님을 소개해 주셨다. 나는 전자공학과를 방문하기도 했고, 사모님이 성악가(소프라노)여서 구이동 자택도 방문하여 사모님과 반주를 맞추어 보았다. 사모님은 학교 학생회관에 오셔서 〈거룩한 성〉을 독창해 주셨다. 그리고 처장님은 말씀 잔치를 위해 필요한 경제적인 문제도 학교에서 보조받을 수 있도록 해 주셨다.

처음으로 한양대학 안에 '창세기 말씀 잔치 주최: 대학생 성경읽기회, 강사: 안병호 목자'라는 현수막(BANNER)을 달 수 있었다.

학교에서의 '말씀 잔치' 준비는 계획대로 잘 진행됐다. 그러나 문제는 우리 집에서 일어났다. 어머니가 화가 많이 났다. 내가 너무 열심히 교회 생활을 한다는 것이었다. 어머니 말을 그렇게 듣지 않으려거든 집에서 나가라고 소리쳤다. 결국, 나는 집을 나와 채미자 목자님과 일주일을 같이 있었다.

어머니가 화를 낼 수밖에 없었던 심정도 나는 이해가 간다. 내가 하나님을 몰랐을 때, 그를 체험하지 않았을 때 나는 그 누구보다 부모에게 순종하는 착한 딸이었다. 부모의 자랑이었다. 가정의 보배였다.

그러나 내가 예수를 영접함으로 내 속에 성령님이 내주하기 시작한 바로 그 순간부터 나의 주인은 내가 아니었다. 나의 주인은 바로 주님이었다. 예전의 나는 온전히 사라졌다. 내가 나를 주관하는 것이 아닌 바로 주님이, 성령님이 나를 주관하기 시작했다.

내가 어머니를 세상의 그 무엇보다, 그 누구보다 사랑하지만, 어머니를 포함한 그 누구도 내 주인 위에 있을 수 없었다. 어머니에게는 미안했다. 그러나 어머니도 언젠가 예수님을 영접하면 지금의 나를 이해할 것이다.

중강당에서는 주로 교수님 중심의 예배가 있었다. 내가 중강당예배에
참석했던 날에 새문안교회 강신명 목사님이 오셨다. 그때 당시 교목실장
으로 계셨던 김장환 목사님께서 나를 강신명 목사님께 자랑스러운 여학생
이라고 소개해 주셨다. 또한, 김장환 목사님은 창세기 말씀 잔치에 오셔서
축사를 해 주셨다. 결국, 김장환 목사님이 시무하시는 수원침례교회까지
가 보게 되었고 그 교회에서 김연준 한양대학교 총장님까지 뵙게 되었다.

최선근 학생처장(왼쪽에서 세 번째)

최선근 학생처장님은 요한복음에 심취하셔서 요한복음 주석서를 쓰고
계셨다. 은퇴하시면 책으로 출판하고 싶으시다며, 미스 문에게 제일 먼
저 보여 주고 싶다고 하면서 내게 원고를 주셨다.

당시는 컴퓨터가 흔하지 않아 직접 손으로 쓰신 원고를 보여 주셨다.
그 원고는 우리가 흔히 생각하듯 가로로 쓰신 것이 아니라 세로로 쓰신
원고였다.

처장님의 요한복음 해설은 역시 학자시라 달랐다. 구구절절이 은혜에 은혜를 더 했다. 창세기 말씀 잔치 때 오셔서 강의도 해 주셨다. 나는 미리 원고를 읽었기 때문에 아멘, 아멘으로 화답할 수 있었다. 최선근 교수님은 전공이신 물리학을 강의하실 때도 성경부터 가르치시고, 다음에 물리학을 강의하실 정도로 신앙이 깊으셨다. 학생들에게 예수님의 말씀을 가르치기 위해 애쓰셨다.

식품과 후배인 노미현 자매와 나는 서대문에서 사시는 처장님 댁에 가서 가족과도 인사를 나눴다. 한의사이신 사모님이 감리교 신자였고 우리를 기쁘게 맞아 주었다. 처장님 댁에서 따님과 손녀도 만났다.

대학 졸업 후 처장님을 뵈었는데, "학생들에게 이렇게 좋은 말씀을 주려고 하는데 많이 모이지 않는다."라고 처장님은 안타까워 하셨다. 얼마후, 처장님께 내가 결혼을 한다고 말씀드렸더니, 우리 미스 문이 이제 결혼을 한다고 대단히 기뻐하셨다. 마치 처장님 딸이 결혼하는 것처럼 좋아하셨다.

미국에서 결혼하기로 했기에, 한국에서는 가족끼리 약혼식만 하기로 되어 있었다. 나는 처장님 비서를 통해 처장님이 얼마나 나의 약혼식도 보고 싶어 하시는지 듣고 있었다. 남편이 한국에 도착하자마자 처장님께 소개해 드렸다. 김육진 목사님의 사회로 약혼식이 진행됐고, 드디어 처장님도 오셨다. 약혼식에 오실 때는 태릉으로 이사를 하신 뒤였는데도 처장님께서 오셔서 축사해 주셨다.

나의 나 된 것

그러나 이 글을 쓰면서 최선근 교수님께서 2018년 2월 28일에 별세하셨다는 소식을 접하고 죄송한 마음이 앞섰다. 내가 한국에 있을 때는 최 교수님은 학생처장으로, 물리학 교수로, 교육대학원 원장으로 계셨는데……. 그동안 내가 몇 번 한국을 방문했음에도 찾아뵙지 못했음에 안타까운 마음 이루 말할 수가 없다. 최 교수님과 함께 나누었던 주님의 사랑 안에서의 아름다운 추억들이, 감사함으로 아직 내 영혼 깊은 곳에 진하게 남아 있다.

또한, 나에게 꼭 요한복음 주석서를 써서 출판하시고 싶다고 하셨는데, 벌써 『요한복음 주해』 상하, 『물리학자가 본 로마서 주해』 상하, 『요한계시록 주해』 상하, 『마태복음』 상중하 등, 많은 책을 세상에 내놓고 하늘나라에 가셨다. 존경합니다. 학생들에게 복음을 전하고 싶어 하셨던 열정을 오래오래 기억하겠습니다.

8

건강 악화

1980년 2월, 7년 만에 졸업

20. 건강 악화

세월이 빨리도 흘렀다. 이제 대학 4학년이 되어 졸업을 1년 남기고 있었다. 한양대학교는 유난히 계단이 많았다. 얼마 전부터 나는 사범대학까지 걸어가는데 몇 번을 쉬어야 했다. '나이가 많아 이렇게 힘든가.'라고 생각했다. 수업 시간에도 10분을 앉아 있을 수 없었다. 책상에 그냥 엎드려 있었다. 집에 들어가면 누워 있었다. 어머니와 할머니께서 이상하다고 생각하시고 한양회관으로 전화했다. 어머니와 할머니께서 기다리니 빨리 이모 집으로 오라는 것이었다. 우리는 어디가 아프면 무조건 이모부께 연락하곤 했다.

지금은 전문의가 있지만, 당시는 그런 개념이 없었기에 이모부는 정형외과 의사였는데도 우리는 몸만 아프면 무조건 이모부께 갔다. 이모 집에서 이모부 병원까지 걷는데도 숨이 차서 힘들어 하는 것을 보시고 어머니는 나를 데리고 영등포에 있는 X-RAY 전문병원으로 갔다.

결국, 병명은 늑막염으로 밝혀졌다. 무조건 쉬어야 한다는 진단이 내려졌다. 그것도 병이 깊이 들었기에 적어도 6개월 이상은 쉬어야 한다는 것이었다. 나는 늑막에 물이 차서 그렇게 힘들었던 것이었다.

사범 대학은 4학년 1학기에 반드시 한 달간의 교생 실습을 마쳐야 했다. 그러나 나는 그렇게 할 수 없었고, 또한 중간고사도 볼 수 없었다.

어머니가 오래전부터 단골로 다니시던 한의원에서 사람을 살리고 봐야 한다면서 한약재를 보내 주었다. 엄마는 열심히 약을 달여 주셨고 민간요법으로 닭과 지네를 사다 약으로 달여 주시기도 했다. 한 달여 만에 일어날 수 있었다.

얼마를 지나 병의 차도가 있자, 나는 학교에 가서 교수님들을 찾아다녔다. 그리고 몸이 편찮아서 중간고사를 보러 학교에 갈 수 없었다고 설명하면서 학기 말 성적으로만 처리해 주실 것을 부탁했지만 거의 모두 영점 처리되어 결국 최종 학점에 마이너스 요인이 됐다.

그때 친구인 채미자 목자님이 불고기 감을 사 들고 처음으로 우리 집을 방문했다. 그리고 채 목자는 깜짝 놀랐다. 우리가 남의 집 지하실 단칸방에서 살았기 때문이었다. 얼마나 놀랐으면 "이런 집에서도 대학생이 나오다니!" 감탄했다. 하지만 이런 집에서 4명의 대학생이 나왔다. 막냇동생 재원이는 그 비싸다는 뉴욕에서 프렛 대학(Pratt Institute) 사립대학원에서 유학까지 했고, 현재는 한국인으로서 세계적인 미술 작가들의 대열에 올라 있다.

4학년 2학기 마지막 학기 때는 강성애 사모님 친구분의 딸을 입주해서 공부를 가르쳤다. 남편은 산부인과 의사였다. 병원은 안에 진료실과 입원실까지 갖추고 있었다. 나는 병원에서 지내면서 장원지라는 초등학생을 가르쳤다. 병원도 크고 일하는 사람도 많지만, 원지는 동생들이 있어 부모 사랑을 독차지하지 못하자 안정감이 없었다. 그러나 그 어린 원지에게도 예수님의 사랑은 통했다. 점점 원지도 사랑으로 안정되어 갔다.

마침 한양회관에서 성탄절 연극을 한다기에 원지에게 아역을 시켰다. 연극 발표 날이었다. 원지 엄마, 아빠가 교회 제일 앞자리에 앉아 있었다. 이를 본 원지는 얼마나 기뻤을까? 그리고 딸이 연극을 하는 걸 본 부모는 얼마나 감격했을까?

21. 졸업과 피아노 학원

1980년 2월 힘들었던 대학 생활을 마치고 졸업했다. 강순이 학과장님
은 졸업장을 제게 주시면서 제 손을 잡고 놓지를 못하셨다. 서로 눈물이
고여 마주 보지도 못하고 눈을 피해야 했다. 강순이 학과장님은 대학 입
학부터 졸업까지, 그리고 그사이에 병들어 힘들었던 모든 사연을 다 알고
계셨다. 그러나 오뚝이같이 다시 일어나 대학으로 복귀한 나. 그리고 아
르바이트도 하면서 힘들게 7년 만에 대학을 마친 그 긴 과정을 아셨기에
강 학과장님은 내 손을 쉽게 놓을 수 없었다.

아버지와 동생과 함께

이제 졸업했으니 직장을 구할 차례였다. 그런데 어떻게 된 일인지 내가 피아노를 잘 치는 선생으로 소문이 나 있었다. 피아노를 배우고 싶어 하는 학생들이 날마다 늘어났다. 어떻게 그렇게 잘 치냐며 가르쳐 달라는 사람들이 생겼다. 이에 친구인 김양식 자매님이 내게 피아노 학원까지 소개해 주었다.

모든 것이 공짜가 없었다. 이 말은 긍정적인 의미로 하는 말이다. 그렇게 어려운 가정 환경 가운데에서도 십 년 동안 교회에서 무보수로 피아노 반주를 했다. 감사하옵게도, 그사이 내 피아노 실력이 일취월장한 것이다. 공짜로, 무보수로 한 헌신. 그러나 하나님은 무시해도 될 나의 조그만 헌신을 오히려 풍성한 열매로 내게 갚으셨다. 나는 내 눈으로 보았거나 내 손으로 만질 수는 없었지만 30배, 60배, 100배의 열매를 얻고 있었다.

처음 한양회관에 갔을 때는 조그만 오르간만 있었다. 그러나 얼마 후 강성애 사모님 여동생이 피아노를 교회에 기증했다. 피아노 연주는 오르간하고는 또 다른 느낌이었다. 가볍게 눌러도 소리가 잘 나왔다. 나는 이에 적응하여 오르간하고는 다른 스타일로 피아노를 쳤다.

오르간으로 칠 때는 사부로 정확히 음이 끊어지지 않게 했다면, 피아노는 코드를 사용해서 반주를 좀 더 화려하게 할 수 있었다. 성도님들이 음이 높아 부르기 힘들면, 2절부터는 음을 낮추어 반주했다. 그래서 그랬는지 성도님들은 미원 자매가 반주하면 찬송이 잘된다고 했다.

그 사이 셋째 동생 승원이가 고등학교 졸업을 했다. 공부는 잘했지만, 대학을 갈 수 없어 삼양라면 회사에 취직했다. 승원이는 어렸을 때 피아

나의 나 된 것

노를 잘 쳤다. 나는 엄마의 반대를 무릅쓰고 지하실 단칸방에 월부로 피아노를 들여놓았다. 동생 승원이를 피아노과에 보내기 위한 작전을 시작한 것이다. 승원이는 결국 총신대학교 피아노과에 들어갔다.

승원이 대학 학비도 벌어야 하고 부모님 생활비도 갖다 드려야 하기에, 나는 피아노 학원 선생으로 일했고 승원이는 불광동의 신동피아노 학원에서 일하게 됐다. 부모님이 계신 화곡동과는 거리가 너무 멀어 신동피아노 학원 건물에서 둘이 자취하며 열심히 살았다. 물론 젊은 여자들이 살기에는 부엌 시설이나 목욕탕 등이 없어 힘들었지만, 동생과 나는 늘 감사하며 살았다.

어느 날은 그 지역에 태풍으로 전기가 다 나갔다. 깜깜한 어두운 밤에 나는 동생이 무서워할까 봐 아무것도 보이지 않는 그곳에서 찬송가를 연주해 주고 있었다. 동생은 악보도 없이 깜깜한 곳에서 언니가 치는 피아노 선율에 놀라기도 했지만 큰 위로를 받을 수 있었다.

학원 뒤에 있는 대조시장에 저녁때 가면 배추 우거지 걸이가 널려 있었다. 주인아주머니께 말씀드리고 널려 있는 배추를 줍기도 하고, 그냥 주어서 받기도 했다. 그때 내 나이가 20대 중반이었지만 가정을 돕고 동생을 돕는다는 생각에 부끄러움을 몰랐다. 아니, 부끄러움은 내게 사치에 불과했다.

배추 우거지를 갖고 와서 우거짓국도 끓이고 나물도 만들었는데 승원이가 맛있게 먹었다. 나는 그때부터 음식 만드는 훈련을 받은 것이 틀림없다. 다행히 동생이 잘 따라 주었다. 한 달에 한 번씩 부모님을 찾아뵙곤 했다.

동생은 아직도 그때를 기억해 이야기할 때면 눈물을 흘리며 어린 삶에 있었던 고귀한 추억에 감사하곤 했다.

이제 내가 피아노 학원을 낼 차례였다. 나는 부모님이 계신 화곡동에서 은평구 응암동으로 이사할 결심을 했다. 방을 구하러 복덕방에 찾아갔다. 학원을 하겠다고 하니 복덕방 아저씨들이 어떤 할머님 집을 내게 소개했다. 그날은 집만 보고 왔다. 나는 마음에 들었지만, 사글세를 내야 하기에 어머니의 맘에 들어야 갈 수 있었다. 어머니의 마음을 돌이키기까지 이삼 주 걸렸지만, 집주인 할머님은 우리가 오기를 기다렸다. 지금까지는 전세로 지하실에서 살았지만, 이제는 사글세, 월세를 내야 했다.

드디어 어머니를 설득해, 우리 가족은 응암동으로 이사했다. 그리고 피아노 학원을 시작했다. 우리 가족이 화곡동에서 너무 가난하게 살았기 때문인지, 언제부터인지 이때를 기념해 '탈화곡동'이라 불렀다.

응암동으로 이사한 집의 주인은 문을례 할머니셨는데, 아들 하나를 데리고 외롭게 사셨다. 할머님은 아들을 잘 키워 보려 애를 많이 쓰셨다.

내가 여기서 피아노 학원을 하겠다고 말씀드렸더니 아이들이 많이 온다며 오히려 좋아하셨다. 외롭게 지내시던 할머니는 1층에서 사시고 우리는 2층에서, 창문에 원 피아노 학원이라고 간판까지 달고 응암동에서의 삶을 시작했다. 승원이가 일했던 불광동의 신동피아노 학원 원장님까지 오셔서 간판을 달아 주셨다.

첫 달부터 큰 어려움 없이 월세 12만 원씩을 내고 학원은 성장하기 시작했다. 학원의 성장과 비례하여 극한 가난에서 조금씩 해방되기 시작했다. 그 사이 아버지도 철도청에 다시 취직하여 말레이시아에 출장을 가

나의 나 된 것

셨다. 엄마는 너무 기뻐 튀김 냄비를 사서서 닭튀김 요리를 하는 등 날마다 새로운 음식을 준비하기에 바빴다.

우리 구역 소속인 정의호 집사님과 김인숙 집사님이 결혼했다. 정의호 집사님은 대학 졸업 후 삼성에 다니고 있었는데, 삼성에서 신혼부부에게 대출해 준다고 했다. 그런데 집사님은 자신은 이 같은 대출이 필요가 없다고 말했다.

나는 그 소리를 듣고 귀가 번쩍 띄었다. 내 인생의 또 다른 전환점이 될 수 있다는 확신으로 말이다. 정의호 집사께 부탁했다. "혹시 그 대출을 제가 해도 되겠습니까?"

석 달만 불입금을 붓고 삼 개월 후, 정의호 집사님(지금은 용인 기쁨의 교회 목사님)의 도움으로 300만 원의 대출을 받을 수 있었다. 당시 정의호 집사님은 나를 도와주시겠다고 말했지만, 결코 쉬운 일은 아니었을 것이다. 나는 얼마 있다가 미국으로 갈 계획이었기 때문이다. 어려운 상황 가운데서도 망설임 없이 기쁜 마음으로 나를 도와주셨던 정의호 집사님. 그 후 목사님이 되셨다는 소식을 들었다.

대가를 바라지 않고 주 안에서 형제의 아픔을 이해해 주셨던 정 집사님의 사랑에 많이 감사했다. 그가 나에게 이렇게 커다란 선물을 주어 나를 기쁘게 했으니, 하나님은 얼마나 더 기뻐하셨을까? 하나님이 나 대신 더 많은 것으로 채워 주셨으리라 믿었다. 그러나 당시에는 정의호 집사님께 감사하다는 말씀도 제대로 못 했다. 오늘 이 지면을 통해서나마 깊은 감사의 마음을 전한다.

나는 융자금으로 집에서 하던 학원을 상업용 건물로 옮겨 크게 확장했다. 또한, 둘째 동생 승원이가 피아노 전공을 했기에 그 마을에서 가장 좋은 학원으로 만드는 것이 가능했다. 어머니는 이제 집에서 편히 쉬실 수 있게 되었다.

그 당시에 큰 콩쿠르, 작은 콩쿠르가 종종 있었다. 나는 피아노를 전공하지 않았지만, 음악에 대한 열심과 아이들에 대한 사랑으로 노력하며 가르친 결과 콩쿠르만 나가면 상을 많이 받아 오곤 했다. 그 근방에서 콩쿠르에 가장 많이 입상시킨 선생으로 내가 상을 받을 정도까지 되었다. 학원은 계속 성장하여 동네의 유명 학원이 되었다.

그동안의 힘들었던 삶은 이제 과거가 됐다. 이 얼마나 모두가 간절히 소망했고 기다렸던 순간인가! 할머님도 우리 집에 오시면 흡족해하셨다. 가정이 발전해 가는 모습이 눈에 띄었다.

"아비가 자식을 불쌍히 여김 같이 여호와께서 자기를 경외하는 자를 불쌍히 여기시나니"(시편 103:13)라는 말씀이 그대로 이루어졌다.

나는, 우리 가정은 '불쌍히 여김'을 온전히 받았다. '불쌍히 여김'을 확실히 체험했다. 내가 한 것은 어려움 가운데도 낙심치 않고, 나의 삶을 있는 그대로 정직하게 받아들이고, 주어진 환경 아래서 하나님을 의지하는 믿음을 기둥 삼아 '나의 달려갈 길'을 눈물로 달린 것뿐인데 말이다.

헤티즈버그 한인선교교회

아, 헤티즈버그

헤티즈버그 한인선교교회 창립 멤버, 1985년

22. 잭슨 미시시피

미시시피주에는 캐나다 국경과 가까운 미네소타주 북부에서 30개 주를 거쳐 흐르는 세계에서 가장 긴 강 미시시피강이 흐르고 있다. 옛날에는 주로 목화를 재배하던 남부의 잭슨 시는 미시시피의 주도이지만 가난한 도시다. 가난하지만 신앙적인 도시였다. 내가 처음 이곳에 왔을 때 백화점은 주일날 문을 닫았고 주일날에는 잔디 깎는 소리도 내면 안 됐다. 그러나 내가 이곳에 온 다음 해부터는 그런 전통이 점점 사라지고 있음을 느꼈다.

잭슨시에 한국 교회가 하나 있었다. 한국 분들이 교회 중심으로 모였다. 대부분 Reformed Theological Seminary 신학생들, Jackson State University 학생들 그리고 한국에서 이민 오신 몇 분이 교회에 출석했다. 한국 음식을 만들 재료들을 구하기가 쉽지 않았지만, 한국분들은 배추도 한 상자 사서 나눠서 김치도 담그고 한국 음식들을 만들었다. 한국에서 살 때보다 오히려 한국 음식을 더 먹는 것 같았다.

두부가 먹고 싶으면 간수를 사다 만들기도 했고, 떡도 직접 만들었다. 한국 여자분들은 모두 요리사 같았다. 고국을 떠나 미국에서 만났기에 서로의 외로움을 달래는 끈끈한 정이 오가는 가족과 같은 관계였다.

나의 나 된 것

혹시 누가 가까이에 있는 애틀랜타(Atlanta)에 갈 일이 있으면 돌아올 때 콩나물 한 봉지와 무 한 개를 사 오는 것이 주위 한인들에게 큰 선물이 되었다.

남편은 전자조립회사 사업 실패 후, 은행 대출을 갚아야 하기에 바쁜 삶을 살고 있었다. 마침 남편은 다니던 대학을 졸업했기에 오전에는 시간이 있었지만, 저녁에는 건물 청소 그리고 주말에는 중국 식당 웨이터로 열심히 살고 있었다.

하루라도 빨리 대출을 갚아야 한다는 생각에 나도 밤 청소 일에 합류했다. 미국에서의 첫 직장이었지만 청소하는 것은 생각보다 쉽지 않았다. 조금만 잘못해도 다음 날 아침에 건물 manager로부터 complaint이 곧 들어왔다. 남편은 아침에는 RTS 신학교에 가야 했고, 학교 다녀와서 빌딩 매니저를 만나 부족한 부분을 다시 정정해 주어야 했기에 그날은 더 오래 청소를 해야만 했다.

한국에서는 가난하게 살았어도 이렇게까지 힘들지는 않았었는데 미국에서의 삶은 이렇게 힘들게 시작했다. 내 손의 지문이 화공 약품으로 없어졌기에, 집에 오면 손가락에 약을 바르고 밴드를 붙여야 했다

남편은 회사원 책상 옆에 있는 쓰레기통을 치우며 베큠을 하고, 나는 층마다 화장실 청소와 사무실 쓰레기통을 치우는 일을 했다. 그리고 밤 10시 즈음에 만나서 준비해 간 간식을 함께 들곤 했다.

매일 저녁 일 나갈 때 항상 집에서 만들어 놓은 얼린 햄버거 고기와 빵과 치즈 2장을 갖고 나가서 일하는 중간에 잠시 휴식시간을 갖고 남편과 같이 식사했다. 그래서 한동안은 햄버거에 질려 햄버거를 먹지 않은 적

도 있다.

어느 주일이었다. 갑자기 배가 아파서 화장실에 갔다. 그런데 하혈을 하는 게 아닌가? 지금까지 한 번도 겪어 보지 못한 아픔이었다. 그래서 잭슨에 사셨던 안 목사님의 사모님께 전화로 여쭤봤지만, 원인을 모르겠다고 하셨다.

그러나 화장실에서 방까지 걷지도 못하고 기어 오는 내 모습을 지켜보던 남편이 나를 업고 차에 태워 병원으로 갔다. 병원에서는 나의 고통의 원인을 알고 있는 것 같았지만, 정확한 진단을 위해서 산부인과 의사에게 연락했다. 병원에 도착한 지 한참 지난 늦은 밤에 산부인과 의사가 오더니 유산됐다고 진단했다. 결혼하면 임신하게 되는 것이 당연한데, 우리는 너무 열심히 살다 보니 임신한 줄도 몰랐다. 나는 나이만 들었지 상식이 없는 사람이었다.

신학교 시험 기간에 청소 일하기가 가장 힘들었다. 같이 일을 하던 한국 유학생들은 시험 때가 되면 시험 준비를 위해 일을 할 수 없었다. 결국, 남편과 나는 보통 때보다 더 많이 일해야 했다. 새벽 늦게, 아침 일찍까지 말이다.

갓 결혼한 새색시가 청소 통을 들고 다니면서 청소하는 것을 주위에서 안쓰럽게 보기도 했다. 그러나 둘이 열심히 일해서 남편이 미국에 와서 차렸던 전자조립회사를 하면서 빌린 은행 빚을 6개월 만에 다 갚았다. 그리고 일 년 만에 집을 구매할 수 있었다.

미국에 온 후, 백광재 선생님께서 외삼촌이 시무하시는 나성서부교회 성가대를 지휘하신다는 소식을 들었지만 알고 보니 이미 몇 달 전에 사임하셨다. L.A를 방문할 때마다 백 선생님을 너무나 뵙고 싶었지만 결국은 뵙지 못했다.

그런데 얼마 지나지 않아 백광재 선생님이 지병으로 돌아가셨다는 소식만 듣고 얼마나 안타까웠는지 모른다. 나를 만났다면 얼마나 기뻐했을까? 고등학교 졸업 후, 19세에 아무것도 모르는 나를 음악에 관심을 갖게하시고, 신앙도 없었던 나에게 교회 반주를 하라고 권면하셨는데…….

내가 지금 그대로 하고 있었기에 말이다. 나의 이 모습을 보여 드리고 싶었다. 하늘나라에서는 아픔 없이 편히 쉬세요. 그동안 감사했습니다!

몇 년 후 정의호 집사님의 대출금을 다 갚은 후 어머님이 온 마음 교회에 가서 정 집사님께 감사 인사드리고 왔다고 내게 연락이 왔다. 또한, 내가 처음 학원을 하기 위해 이사했던 문을례 할머니 집이 재개발로 연립주택을 짓게 됐는데, 그 공사를 건축가인 동생 남편이 맡게 되어 어머니도 집을 장만하시게 됐다. 이 얼마나 엄청난 축복인가! 할렐루야!

정말 '이런 기적도 있구나.' 하고 모두 감탄했다. 부모님이 내 집이란 것을 몇 년 만에 갖게 되시는 건지……. 물론 과거처럼 대저택은 아니었지만, 하나님의 시간에 그리고 우리가 준비되었을 때 우리에게 맞는 집을 주셨다.

많은 어려움 속에서도 내가 다른 사람 앞에서 늘 미소를 지을 수 있었던 것은 철야기도를 하며 하나님께 하소연하면서 눈물을 쏟아냈기 때문이 아닌가 생각한다. 하나님을 향해 눈물을 흘리는 자만이 사람 앞에서 미소 지을 수 있지 않을까?

언젠가 친구인 채미자 목자님이 내게 "다른 사람들은 저렇게 젊고 예쁜 미원이가 무슨 문제로 철야하며 기도할까."라고 생각할 것이라고 말한 적이 있다. 나는 물론 어려운 문제로, 힘든 문제로 하나님께 나아갔다. 나의 절실함이 사람에게가 아닌 하나님께 읽힐 수 있도록 하나님 전에서 애통해했다. 그러나 나는 이 같은 시간을 통해 "애통하는 자가 복이 있다"는 그래서 "(하나님의) 위로를 받을 것"이라는 성경 말씀이 그대로 내게 이루어짐을 체험했다.

누구에게나 아픈 상처는 다 있다. 내게도 물론 있다. 그래서 힘에 부치지 않고 지나간 날이 하루도 없을 정도였다. 하지만 나의 어려움을 가지고 하나님 앞에 쏟아낸 눈물만큼 나는 응답받았다. 그리고 점점 더 성숙해 가고 있었다. 만일 내가 사람 앞에 나의 문제들을 털어놓고 도움을 청하였다면 그때뿐이고 결국은 그것이 나의 약점으로 남았을 것이다.

그 후 남편은 Reformed Theological Seminary에서 신학 석사 과정(Master of Divinity)을 시작했다.

그사이 큰 딸 지혜(ERIN)가 1986년 2월에, 둘째 딸 지영(SHARON)이가 1987년 11월에, 아들 명철(DWIGHT)이가 1989년 6월에 태어났다. 세 아이의 돌잔치를 할 때마다, 그 당시는 한국 마켓이 없었기에, 중국 사람이 운영하는 조그만 가게에서 장을 봐야 했다. 그래도 떡까지 만들어 준비해 잔치에 참석한 주위 분들에게 기쁨을 선물했다.

남편은 중국 식당의 웨이터로 일하는 것은 그만두고 밤 청소만 했다.

나의 나 된 것

주중에는 공부하고, 주말에는 교회 개척을 시작했다. 우리는 미시시피주 지도를 보고 일반대학교 주위를 살폈다. 왜냐하면, 어느 대학이든 한국 유학생들이 있었기 때문이었다. Hattiesburg 미시시피에 있는 University of Southern Mississippi가 우리 눈에 들어왔다.

23. 아, 헤티즈버그(Hattiesburg)

교회 개척을 위해 남편과 나는 대학교가 있는 동네를 방문했다. 그리고 전화번호부를 찾아 김씨 성을 찾기 시작했다. 드디어 한 사람을 찾았다. 김병길 씨(전 건국대학교 언론홍보대학 교수)였다. 너무 기뻤다. 그래서 김병길 씨에게 연락해 만났다.

그 자리에서 다음 주부터 성경 공부를 시작하기로 했다. 남학생은 남편이 남학생 기숙사에서, 여학생은 내가 결혼한 학생 아파트에서 나누어 성경을 가르치기 시작했다. 그리고 몇 주 후 학생들이 자발적으로 학교에서 함께 예배드릴 수 있는 장소를 빌렸고, 그때부터 함께 예배를 드릴 수 있었다. 교회가 탄생하는 순간이었다.

나는 이처럼 아름다운 교회를 지금까지 본 적이 없다. 처음에는 유학생들 중심의 모임이었지만 학생들이 그 지역의 거주하는 이민자분들까지 전도하여 교회의 모습을 갖춰 갔다.

몇몇 유학생과 국제결혼으로 미국에 오신 분들, 그리고 할머니들, 참 어울리기 힘든 모습이었지만, 그러나 주의 사랑으로 하나 되는 모습은 너무나도 아름다웠다. 모두 얼굴만 보아도 서로 위로를 받을 정도였다.

여름 수양회를 하려 했지만, 장소가 없어 기도만 하고 있었다. 그러나 한

여성도가 수영장까지 있는 집을 제공함으로 우리는 완벽한 수양회를 할 수 있었다. 그 후, 교회는 그 지역에 든든히 서 가는 교회로 성장해 갔다.

"형제가 연합하여 동거함이 어찌 그리 선하고 아름다운고"
(시편 133:1)

'헤티즈버그 한인선교교회'는 선교에 열심인 교회였다. 남편이 다니는 리폼드 신학교 학생으로 인도의 속국으로 있던 나가 부족의 선교사였던 어승(Asung), 아팜(Apam), 룽 랭(Lung Leng) 등이 있었다. 교회는 이분들을 도와서 나가 지역에 나가 부족을 위한 신학교까지 세웠다. 모든 성도는 집에서 쓰지 않는 물건을 가져와 야드세일로 내놓았다. 그래서 마련한 자금으로 선교사들이 산악 지역에서 전도할 수 있도록 트럭을 구입할 수 있었다. 모든 성도가 열정적으로 동참했다.

선교사 어승 가족

선교사 아팜 가족

혜티즈버그 한인선교교회 성도들이 종종 2시간 거리인 우리 집을 방문했다. 이들이 집을 방문할 때마다 빈손으로 보내지 않았다. 당시에 나는 할머니를 비롯하여 시부모님과 함께 살았다. 어른들 덕에 우리 집에는 언제나 된장, 고추장 등이 떨어지지 않았다. 농사까지 지었다. 그래서 혜티즈버그 한인선교교회 교인들이 돌아갈 때는 친정에 왔다가 돌아가는 것처럼 아무 부담 없이 고추장, 된장, 미나리 등 가정에서 필요한 만큼 가져가곤 했다.

새해 첫날에는 '가정의 날' 행사를 했다. 교회 출석과는 관계없이 헤티즈버그 마을에 사시는 한인들을 모두 교회로 초청했다. 젊은 교인들은 모두 한복을 입었다. 잔치를 벌였다. 모두 즐겁게 지냈다. 마지막 순서로 마을에 사시는 어르신들을 모두 행사장 앞으로 모셨다. 그리고 그분들이 자리에 앉은 후, 어린아이들을 포함한 모든 교인은 "새해 복 많이 받으세요. 그리고 오래오래 사세요."라며 어른들께 큰절을 올렸다.

나의 나 된 것

'가정의 날' 행사

어르신들께 큰절

시간이 흘렀다. 이제 학생 성도들은 학위를 마치고 한국으로 돌아갔다. 언제나 든든했던 김병길 집사님 부부(전 건국대학교 언론홍보대학 교수), 무엇이든 막힘이 없으셨던 달변가 박영근 집사님 부부(한세대학교 신문방송학과 교수), 조용하고 잔잔한 미소로 언제나 힘을 주셨던 이영관 집사님 부부(성균관대학교 화학공학/고분자공학 교수) 등…. 세월이 지나 연락이 닿았을 때 모두 그때를 잊을 수 없다고 한결같이 말했다.

헤티즈버그 한인선교교회를 개척할 때, 막냇동생 재원이 University of Southern Mississippi로 유학 왔다. 그 후 뉴욕에서 목회하시는 이승원 목사님(뉴욕천성교회 담임)의 도움으로 뉴욕으로 학교 탐방을 갔다가 프렛 대학원(Pratt Institute)으로 옮겼다. 남을 도와준다는 것이, 특히 미국에서, 쉽지 않은데 동생이 뉴욕에 정착하기까지 많이 도움을 준 이 목사님과 사모님께 다시 한번 감사드린다.

우리는 1985년 '헤티즈버그 한인선교교회'를 개척했다. 그리고 5년 뒤에 헤티즈버그에서 2시간 정도 떨어진 뉴올리언스에서도 교회 개척을 시작했다. 그곳은 자주 한국 선박들이 들어오는 항구 도시였다. 아시아 마켓을 운영하셨던 이영선 집사님을 중심으로 토요 성경 공부와 주일 아침 예배를 드린 후 우리는 곧바로 바쁘게 운전하여 헤티즈버그 한인선교교회로 가서 오후 2시에 예배를 드렸다.

헤티즈버그 한인선교교회에서 예배와 친교를 가진 후, 우리는 2시간 반 정도 운전하여 밤에 Jackson에 있는 집에 돌아오곤 했다. 그것도 어린 아이들을 차 뒷좌석에 태우고 말이다.

결국, 이 같은 사역이 너무 힘들어 '헤티즈버그 한인선교교회'를 6년 만에 사임하고, 뉴올리언스 교회만 시무하게 됐다. 그래서 우리 가정은 뉴올리언스로 이사하였다.

나의 나 된 것

24. 뉴올리언스(New Orleans)

뉴올리언스는 프랑스풍의 건물과 문화가 숨어 있는 곳이다. 음식 또한 케이준 음식으로 특별하고, 포파이 치킨이 그곳에서 시작되었고, 카페 드 몽드(Cafe du Monde)의 커피와 프랑스식으로 튀긴 도넛 베네(Beignet)가 유명하다.

재즈의 본고장이라 노래하며 거리를 지나가는 평범한 사람들의 화음조차도 환상적이었다. 프렌치 쿼터(Franch Quarter)의 화려한 거리를 지나가면서 매력적인 이 도시에 빠져들었다. 특히 마디 그라(Mardi Gras) 축제는 유명하다. 각종 단체의 퍼레이드와 퍼레이드 차에서 뿌려 주는 비즈 목걸이 선물로 모든 사람을 기쁘게 했다. 다시 가 보고 싶은 매력적인 도시다.

그 사이 남편은 Reformed Theological Seminary에서 Master of Divinity(M. D. V)와 Master of Theology(Th. M)를 마치고 목사 안수도 받은 후 Doctor of Missiology를 공부하고 있었다.

남편이 학위 공부를 하는 동안 논문 준비를 위해 일 년의 공백이 있었다. 남편은 내게 이 기간 동안 교회, 특별히 이민 교회에 필요한 기독교교육학을 전공할 것을 권했다. 나는 마지못해 시작했는데 어느새 20학점이나 이수할 수 있었다.

남편은 지금까지는 등록금을 내고 다녔지만, 박사 학위는 특별히 Dr. Long 담당 교수의 재량으로 장학금을 받고 다닐 수 있었다. 그 사이 시아버님도 L.A.에서 잭슨 한인교회 담임목사로 부임하여 오시고 한국에서 시할머님과 고모님도 오셨다.

나는 서울에서만 자라 냉면과 녹두 빈대떡을 할 줄 몰랐다. 이북에서 오신 시부모님과 할머님께 대접하기 위해 음식을 만들다 보니 냉면과 녹두 빈대떡은 내가 제일 잘하는 요리가 되었다.

하루는 내가 그 전날 배추를 한 박스 사 놓고 잊어버렸다. 시할머님은 연세가 많으셨음에도 불구하고, 내가 밤 청소를 하고 들어와 아침에 일찍 일어나지 못하는 것을 아시고, 배추를 다 소금에 절여 놓으셨다. 이 얼마나 감사한 일이었나.

2년 후, 시아버님은 잭슨 한인교회를 사임하셨다. 그리고 빌락시 미시시피(Biloxi Mississippi)에서 목회하시게 되었다. 나는 아이들 셋을 키우기가 너무 힘들어 딸 둘은 내가, 그리고 아들 명철이는 2살까지 할아버지 할머니께서 키웠다. 막내 명철이는 할머니 할아버지와 함께 늘 예배드려서 예배에 익숙해져 있었다.

뉴올리언스 교회의 어느 주일이었다. 주일예배를 드리는데 두 살 난 아들 명철이는 성가대가 앞으로 나와서 찬송하는 것을 보고 자기도 찬송가 책을 들고 성가대를 따라 나와 함께 찬송을 불렀다. 아마 교회 역사상 최

연소 성가대원이었을 것이다. 찬송가만 들고나온 것이 아니라, 실제로 찬송도 불렀다. 전 교인들은 명철의 이 같은 모습을 보며 웃음과 기쁨을 절제할 수 없었다.

25. 볼티모어(Baltimore) 메릴랜드

남편은 미시시피 잭슨에서 10년 가까이 공부하며, 일하며, 목회하며, 늘 바쁜 시간을 보냈다. 박사 학위를 마지막으로 공부를 마친 후 우리는 뉴올리언스에서 볼티모어 메릴랜드주로 이주했다.

둘 다 매사에 열심이었다. 열심히 교회를 섬기다 보니 교회는 점점 성장했다. 그러나 너무 열심히 목회하는 것이 때로는 문제가 될 수도 있음을 당시에는 몰랐다. 문제에 부딪히는 것을 싫어하는 남편은 시온장로교회로 목회지를 옮겼다. 남편과 나는 그곳에서도 열심히 교회를 섬겼다.

에피소드 하나가 떠오른다. 남편과 내가 교인들 가정에 심방 갔을 때 이야기다. 그때 큰애 지혜는 7살, 둘째는 6살, 막내는 4살이었다.

나는 남편과 함께 심방 가기 전, 아이들을 교육했다. "혹시 전화가 오더라도 받지 말고, 그리고 어디에 전화도 하지 말라. 엄마 아빠가 심방 갔다가 돌아올 때까지 기다리고 있어."

몇 시간 뒤, 심방에서 돌아와 집을 향하는데 남편이 어떤 불안감을 느꼈는지 많이 서둘렀다. 집에 도착해 방문을 열었다. 그런데 아이들이 보이지 않았다. 아이들이 사라진 것이다.

우리 부부는 깜짝 놀랐다. 그리고 식탁 위에 놓인 메모 하나를 발견했다. 그것은 어린이 보호소 담당자가 남기고 간 편지였다. "당신의 자녀들은 우리가 잘 보호하고 있으니 아래의 전화번호로 연락하시오."

그때야 우리는 무슨 일이 일어났는지 알 수 있었다. 한국도 마찬가지겠지만, 미국에도 자녀들이 보호자 없이 혼자 있을 수 있는 나이가 있다. 그러나 우리 자녀들은 그 나이에 턱없이 부족했다. 그런데 문제는 우리 자녀들이 집에 부모와 함께 있지 않다는 것을 보호소에서 어떻게 알았는가였다.

엄마, 아빠가 집을 떠난 후 막내 명철이가 911에 전화를 걸었다. 학교에서 어떤 어려움이 있으면 911에 전화하라고 배웠기에 그대로 한 것이었다. 막내는 엄마·아빠 없이 집에 있는 것이 무서웠다고 한다.

막내는 911에 전화는 걸었지만, 보호소 담당자의 질문에 답하지 못하자 둘째 지영이가 답했다. "지금 엄마, 아빠와 함께 있지 않다.", "무섭다." 등. 그래서 보호소 직원이 집으로 찾아와서 자녀들을 모두 보호소로 데려간 것이었다.

남편과 나는 보호소로 향했다. 우리는 보호소를 향하며 아이들이 과연 지금 어떤 상태에 있을까 궁금했다. 그런데 도착해서 아이들을 보니 모두 잘 있었다. 아니, 중국 음식을 먹으며 좋은 시간을 보내고 있었다.

그러나 이제 부모들이 가슴 졸이는 순간이 왔다. 보호소 직원이 아이들에게 질문했다. "너희들, 엄마, 아빠와 함께 집에 가고 싶니? 아니면 여기 계속 있고 싶니?"

남편과 나는 이 같은 보호소 직원의 질문에 깜짝 놀랐다. 아니 부모가 아이들 찾으러 왔으면 당연히 자녀들을 부모에게 가게 하는 것이 아닌가?

그런데 그것을 아이들에게 묻다니. 우리는 순간 긴장했다. 그러나 아이들이 "엄마, 아빠랑 함께 집에 가고 싶다."고 함으로 사건은 마무리됐다.

남편과 나는 어디를 가서, 무엇을 하나 열심이었고 최선을 다했다. 토요 한글 학교, 6주간의 여름 학교, 매주 예배 후 식사를 나누면서 하는 성도의 교제 등 모든 것이 성공적이었고 교회 성장에 많이 기여했다. 그러나 교회의 주인(?)이었던 권사님, 장로님은 이를 싫어했다. 특히 권사님은 교회에서 복음성가를 부를 수 없다고 했다.

볼티모어에는 Peabody Institute of The Johns Hopkins University(피바디 음대)가 있다. 그곳에는 한국에서 유학 오는 학생이 많았다. 나는 대학생보다 예비 학교(고등학교)와 쉽게 연결이 되었다. 바이올린 연주하는 예비 학교 학생이 두 명이 교회에 와서 예배 시 연주했다.

부활절예배 시, 나는 김두환 박사님 곡 〈승리의 그리스도〉 칸타타를 준비했다. 최선을 다해 준비했기에 참석한 성도들은 모두 기뻐했다. 나도 칸타타를 인도하기는 처음이라 안도의 한숨을 쉬었다. 그리고 헌금찬송 때 〈살아 계신 주〉를 바이올린과 피아노가 함께 연주했다.

그러나 예배 후 권사님은 칸타타가 좋았다고 칭찬하기는커녕, 헌금찬송에 복음성가를 연주했다고 오히려 화를 내는 것이었다.

그때부터 나와 권사님과의 관계에 이상 기류가 생겼다. 내가 더 많이 참았어야 했다. 그러나 작은 교회에서 적은 숫자의 성가대원으로 어려운 부활절 칸타타를 성공시켰다는 성취감에 내가 절제를 못 했다. 이 사건과 그 후에 계속되는 교회 주인과의 불협화음으로 결국 성장 가도에 올랐던 교회를 떠나게 됐다.

이민 교회에서 목회하는 것이 이토록 힘들다는 것을 다시 한번 체험했다. 이민자들은 한국에서와는 다르게 미국에서 너무나 단순한 삶을 살고 있다. 그래서 일주일에 한 번 교회에서 만나면 종종 자기주장들을 지나치게 내세울 때가 있다.

아이들 셋과 함께 살아갈 일이 걱정이었지만 남편은 교회를 사임하고 아는 사람 한 명도 없는 록빌(Rockville) 메릴랜드(Maryland)주로 이사해 '사랑의 교회'를 개척했다.

26. 록빌(Rockville) 메릴랜드
: 사랑의 교회

교회 개척이 열정만으로 되는 것은 아님을 느끼면서 아는 사람 한 명도 없는 지역, 록빌에서 교회 개척을 시작했다. 그러나 아이들은 새로운 곳에 와서도 쉽게 적응했다.

경제적인 문제를 해결하기 위해 직장을 구하려 해도 쉽지 않았다.

어느 날, 남편과 나는 전자조립공장을 찾아갔다. 남편은 L. A. 에서 전자조립공장을 직접 운영했었기 때문에 이 회사에 취직할 수 있다고 기대했지만, 결과는 그 반대였다.

나는 건물 안에서 델리를 운영하는 곳에 가서 인터뷰 후 일을 시작했는데, 하루 만에 퇴짜 맞았다. 주인 여자는 내 얼굴이 그런 일을 할 것 같지가 않다고 말했다.

아이들이 학교에 가면 점심을 가지고 가든지 학교에서 점심값을 내고 점심을 사야 했다. 미국 학교에는 3단계의 급식프로그램이 있다. 재정 보고에서 수입이 높으면 급식비를 다 내고, 가족의 수입이 기준에 미치지 못하면 급식비를 내지 않아도 됐다.

우리처럼 5인 가족이면 수입이 얼마여야 하는지 rate가 나와 있었다.

현재는 남편이나 내가 무직이지만 작년 수입 세금보고로 결정되는 것이기에 우리는 반액을 내야 했다.

나는 혹시라도 아이들이 상처를 받을까 봐 한 달에 한 번 학교에 가서 급식비를 미리 지불하고, 카드를 만들어 점심 식사 때는 아이들이 꼭 그 카드를 사용하도록 했다. 아이들은 자랑스럽게 카드를 사용하곤 했다.

세 아이를 같이 키웠지만 좋아하는 과일은 모두 달랐다. 큰딸 지혜는 특별히 자몽을 좋아했는데, 언제나 자몽을 먹으면서 자몽의 알갱이를 눈물이라고 말하곤 했다. 지영이는 살이 부드럽고 단 복숭아를, 명철이는 여름에 땀을 많이 흘려서인지 수박과 달콤한 망고를 좋아했다.

남편이 워싱턴 신학교에서 가르쳤다. 그때 제자인 박영자 전도사님과 남편 Mr. John 선생님까지 개척 교회에 합류해서 어린이 주일 학교를 시작할 수 있었다. 이후로도 박 전도사님 부부는 희생적으로 그리고 다양한 방법으로 개척 교회에 헌신했다.

John 선생님이 인도하는 어린이설교(11/23/03)

나의 나 된 것

전도사님 가정은 무엇보다 집을 오픈했다. 어린이 여름 수양회도 전도사님 댁에서 열렸다. 아이들은 보트도 타고, 배도 타고, 낚시도 하고, 집 뜰에서 야영도 하면서 기억에 남을 시간을 보냈다.

카누를 타고 즐거운 한때

눈높이 학원

눈높이 학원 여름 캠프

27. 눈높이 학원
: "엄마의 자랑, 아빠의 안심"

직장을 얻지 못해 힘들게 살아가고 있던 어느 날, 무심코 한국일보를 보았는데 '눈높이 학원'에서 선생님을 모집하는 광고가 눈에 띄었다. '눈높이'라는 단어는 처음 보는 것이라 한국에 있는 동생에게 전화를 걸었다. 동생은 무조건 하라는 것이었다. 이에 덧붙여 아이들에 관한 것이라고만 말했다.

그래서 뉴욕에 있는 눈높이 본사인 연락하자, 내 이력서를 보내 달라고 연락이 왔다. 이력서를 본 눈높이 미주지 사장님은 나를 만나기 위해 뉴욕에서 내려왔다. 그리고 눈높이 학원을 버지니아 아난데일(Annandale)에 내 달라고 요청했다.

나는 적극적으로 직업을 찾고 있었기에 눈높이 학원 선생으로 일하게 되는 것을 마다할 이유가 없었다. 그러나 지사장님은 학원 선생으로서가 아닌, 내가 직접 학원을 열어 눈높이 학원 원장으로 일해 줄 것을 부탁했다.

난감했다. 그러나 한국에서 피아노 학원을 운영했던 경험이 있기에 도전하기로 했다. 경제적으로 많이 힘들었지만, 어려운 환경 속에서도 저축하는 습관이 있었기에 쌈짓돈 만 불과 함께 나의 도전은 시작됐다.

이렇게 우연히 시작한 '아난데일 눈높이 학원(영어 이름은 Global Partner's in Education)'은 버지니아 한인타운 중심부인 아난데일(Annan-dale)에서 시작했다. 6개월 렌트비의 반액을 본사에서 지원해 주었다.

눈높이 여름 캠프 수영반

1995년 6월 여름 캠프로 눈높이 학원을 시작하자마자 첫 달부터 학생들이 몰려오기 시작했다. 그러나 얼마 못 가서 주위의 미국 사무실에서 불평이 쏟아졌다. 너무 시끄럽다는 것이다. "아이들이 복도에서 너무 뛰어다닌다.", "복도가 달리기 연습장이냐?"

여기에 더해 나는 점심시간을 이용해 학생들에게 피아노까지 가르쳤다. 듣기 좋은 음악도 아니고, 기초를 배우는 학원생들이 치는 피아노 소리였기에 주위 사무실에서 일하는 이들은 더욱 듣기 싫었을 것이다. 불평이 쏟아지던 어느 날이었다. 이젠 건물주가 직접 나섰다. 사람을 보내학원 문에 못을 박았다.

이럴 수는 없는데……. 그러나 나는 당시에 미국 법을 잘 몰라 사태가 이같이 발전한 것에 대한 두려움이 먼저 앞섰다. 왜 미국까지 와서 이런 수모를 당해야 하나? 미국에 이민 오신 부모님들은 밤이나 낮이나 일을 하기에, 자녀들은 보다 성공적인 삶을 살 수 있게 하려고 나를 믿고 맡겼는데, 이 일을 어쩌나. 나는 한껏 걱정했다. 눈시울을 적시며 학원에서 나오는데 학원 건너편에 '메시야 장로교회'의 간판이 눈에 띄었다.

눈높이 여름 캠프 볼링반

그리고 평소에 알고 지내던 메시야 장로교회 박정일 장로님이 생각났다. 박정일 장로님(지금은 인도 선교사)은 워싱턴 신학교에서 수학하는 남편의 제자였다. 그래서 그 길로 박 장로님을 찾아뵙고 말씀드렸더니, 장로님은 그 자리에서 여름 방학 동안 교회 건물을 사용하도록 허락하셨다. 물론 담임목사님께 알리는 것과 당회에서 허락받는 절차는 박 장로님께서 모두 해결해 주셨다. 그래서 급하게 학원을 교회로 옮길 수 있었다!

나의 나 된 것

눈높이 여름 캠프 태권도반

아슬아슬했던 첫 번째 여름 캠프를 무사히 마쳤다. 그리고 학원 장소를 벽돌로 튼튼히 지은 근처 오피스 빌딩으로 옮겼다. 또한, 같은 장소에서 남편은 Global Mission College & Theological Seminary라는 신학교까지 세웠다. 미국에서 학교 인가받기란 쉬운 일이 아닌데, 정식 학교를 세워 실력 있는 신학생을 배출하고 싶어 하는 남편의 소망으로, 메릴랜드 랜햄 (Lanham)에 있는 Capital Bible College & Seminary의 선교학 교수인 Dr. Kennedy도 교수진에 합류했다.

이민 사회에서 '아난데일 눈높이 학원'의 위상이 점점 높아졌다. 학생들이 몰려왔다. 그러나 건물주들의 불평은 계속됐다. 그래서 학원 장소를 네 번 옮긴 후, 결국 나는 학원 건물을 구입할 수 있었다. 그러나 감사할 것은 학원이 장소를 자주 옮기는 것과는 관계없이 학생들은 계속해서 몰려온 것이다.

둘째 딸 지영이와 친구인 서진희 양은 초등학교 2학년부터 학원에 다니기 시작했다. 이 두 학생은 수학경시대회만 나가면 언제나 상을 받았다. 그러나 다른 학생들에게도 상 탈 기회를 주기 위해 두 학생은 수학경시대회 참가를 자제해야 할 정도였다.

국제수학경시대회 참석

1997년 10월, 서울 대교문화재단에서 주최한 국제수학경시대회에 참가하기 위해 학생들을 인솔하여 동부 지역 대표로 한국을 방문했다. 경시대회를 마친 후, 학생들은 관광버스로 이곳저곳을 구경했다. 최고의 음식은 물론 대전의 유성온천, 서울의 63빌딩 등 여러 곳을 구경할 수 있었다.

눈높이 학원에 대한 소문이 계속 퍼져 나갔다. 한국에서 오는 특파원 자녀들까지 몰려왔다. 나는 특파원이 그렇게 많은지 처음 알았다. 방학 때는 학부모들이 한국에서부터 팀을 만들어 오기도 했다. 일일이 다 말할 수 없지만, 한국에서 꽤 유명한 정치인들의 자녀들도 있었다.

가끔 학생들을 학원에 맡기기 전 심하게 까다롭게 하는 부모들도 있었다. 그때는 당당하게 "그럼, 자녀를 데리고 돌아가서도 됩니다." 했다. 그

나의 나 된 것

러나 그 말 한마디만 하면 대부분 학부모는 자녀를 학원에 맡겼다.

부모님들을 대신하여 학생들을 잘 인도하기 위해, 한국에서 온 학생들
은 일요일에는 교회로 인도해, 미국에서 태어난 학생들과 어울리게 한 것
도 학생들의 영어 습득에 도움이 됐다.

28. 우드먼 여름 캠프

Woodmen Life Insurance(우드먼 보험회사)에서 주최한 중고등학생들을 위한 여름 캠프가 있었다. 유치원과 1, 2학년 학생들은 학원에 남아 수업하고, 3학년부터 고등학생까지 150명의 학생이 학원에서 빌린 두 대의 관광버스를 타고 캠프장으로 향했다.

우드먼 여름 캠프로 출발하는 모습

나는 캠프 마지막 날인 금요일에 학생들을 다시 학원으로 데리고 오기 위해 두 대의 버스를 대절해 캠프장에 갔다. 거기서 선생님들과 학생들을 만났다. 학생들은 얼굴이 까맣게 타 있었다. 모두 캠프 생활을 즐기고

나의 나 된 것

있었다.

여름 캠프 교사들은 전원이 잘 훈련된 대단한 미국인 자원 봉사자들이었다. 이들은 은퇴한 의사, 변호사, 교사들로 구성된 자원 봉사팀이었다.

캠프의 프로그램은 다양했다. Archery(활쏘기), Swimming(수영), Horseshoe Game(편자 게임), Fishing(낚시), Music(음악), Drama(드라마), Arts(미술) and Crafts(공예), Nature study(자연 공부), Hiking(하이킹), Sports(스포츠), Shooting(사격), 그리고 Team Work(팀워크), Leadership(지도력) 등 다양했다.

우드먼 여름 캠프 사격반

이처럼 우드먼 여름 캠프는 학생들에게 잊을 수 없는 좋은 경험이 되었다. 그리고 엄마들에게는 오랜만에 맛보는 일주일간의 휴식 기간이었다. 그때의 추억으로 미국으로 유학 온 학생들도 생겨날 정도였다.

우드먼 여름 캠프 활쏘기

또한, 나와 함께 여름 프로젝트를 계획했던 보험회사 직원은 한 번에 150명이 넘는 학생들이 Camp에 참석함으로 승진되었다. 왜냐하면, Woodmen 보험회사가 생긴 이래 처음으로 한 번에 150명 넘게 캠프에 참가하는 기록을 세웠기 때문이었다.

우드먼 여름 캠프, 관광버스 안에서

나의 나 된 것

그 후 눈높이 학원은 보다 시설이 잘 갖추어진 곳으로 이사했다. 미국의 여름 방학은 두 달 반 정도다. 한국과 비교하면 여름 방학이 길어 이 기간을 잘 사용하면 공부에 많은 도움을 받을 수 있다. 나는 학생들이 학교에서 배우는 커리큘럼을 연구해서 프로그램을 만들었고, 그리고 거기에 맞는 교과서를 선정했는데 모든 것이 잘 적중했다.

또한, 우리 집에 수영장이 있어서 학원의 학생들은 매주 금요일에 집에 와서 수영을 즐겼다. 또한, 주일예배 후에는 교회 어린이 주일 학교 학생들이 와서 수영하며 늘 풍성한 음식과 함께 즐겁게 지냈다.

큰딸 지혜가 태어났을 때였다. 나는 주위 사람들이 아이들은 학교에 가면 영어를 쉽게 배운다고 하기에 학교에 가기 전 아무것도 가르치지 않았다.

그런데 막상 학교에 가니 지혜는 영어로 일, 이, 삼도 모르고 눈치만 보고 있었다. 여기서 교훈을 얻어, 학원에서는 미국 선생님들이 유치원 아이들에게 기초적인 영어 회화를 포함한 영어 교육을 했다.

큰딸 지혜 이야기를 조금 더 한다. 지혜의 영어 실력이 일학년이 되면 좀 나아질까 기대했다. 어느 날 지혜가 텔레비전을 보고 있었다. 그런데 지혜가 앉아 있는 소파 옆에 머리카락이 한 움큼 있는 것이 눈에 띄었다. 알고 보니 지혜가 학교에서 말을 못 알아들어 학교만 갔다 오면 스트레스로 자기 머리카락을 뽑아 놓았다.

내가 큰 딸 지혜를 통해 이 같은 경험을 했기에, 나는 특별히 발음(Phonics) 선생님, Ms. Bowden을 초빙하여 8주 정도만 공부하면 한국 아이들이 영어를 잘 읽을 수 있게 했다. 엄마들은 이 같은 학원의 프로그램을 입소문을 통해 알게 됐다. 그 결과 많은 어린이가 학원에 몰려왔기에 보조

선생님까지 두어야 했다.

그리고 시대가 바뀌면서 학생들의 성향도 달라졌다. 너무 많은 가공식품, 패스트 푸드, 그리고 많은 양의 설탕 섭취로 학생들의 수업 태도도 변했다. 집중력이 떨어졌다. 이 문제를 어떻게 해결할지 고민하다가 특별반을 만들었다. 주의력 결핍과 과잉행동 장애(Attention Deficit Hyperactivity Disorder, ADHD) 학생들을 위한 수업을 시작한 것이었다.

그러나 이와 같은 문제를 가진 학생 가운데 종종 창의력이 뛰어난 학생들을 발견한다. 그리고 이 같은 학생들은 일반 학교에 잘 적응하지 못할 뿐만 아니라 학교도 학생들을 수용할 준비를 하지 못했다.

이들을 위한 전문가가 필요했다. 그래서 Mrs. Catherine Strasburg 선생님을 모셔 왔다. 이 결과 학교, 부모, 선생님과의 밀착된 관계 속에서 학생들이 변해 가는 모습을 볼 수 있었다. 지금도 Mrs. Catherine Strasburg 선생님은 독자적으로 대학을 세워 학생들을 가르치며 동시에 후배들을 양성하고 있다.

아난데일 눈높이 학원 교사들 회의 모습

나의 나 된 것

교회와 학원 두 가지 다 감당하기가 쉽지 않아 학원 정리와 함께 학원이 있는 건물을 정리하기로 하고 부동산에 내놓았다. 그런데 그동안 건물값이 세 배 이상 올라 있었다. 아난데일이 버지니아의 한인타운으로 계속 발전하고 있었기 때문이었다. 내가 학원을 처음 시작했을 때와는 완전히 달라졌다. 물질을 따라간 것은 아닌데 물질이 우리를 따라오고 있었다.

마침 한국에서 동생 경원이가 아들 둘, 한울과 바울, 그리고 어머니와 함께 미국에 왔다. 록빌에서 개척한 '사랑의 교회'는 조금씩 나아지고 있었다. 그러나 집과 교회는 메릴랜드, 학원은 버지니아에 있기에 매일 왕복하기가 쉽지 않았다. 결국, 우리는 버지니아로 이사했고 교회도 버지니아로 이사했다.

눈높이 여름 캠프 교사들과 함께

11

워싱턴 사랑의 교회

워싱턴 사랑의 교회 개척 멤버

29. 워싱턴 사랑의 교회 창립과 사랑토요학교

이제 자녀들이 많이 컸다. 집에서 가정예배를 드릴 때면 자녀들이 주보도 만들었다. 세 자녀가 같은 말씀으로 돌아가면서 설교하고, 기도 순서도 정하여 예배드렸다. 자녀들의 눈으로 보는 말씀은 어른들이 보는 말씀과 같았지만, 해석은 어른의 해석과는 많이 달랐다.

천지창조와 아담과 이브, 그리고 뱀의 등장 대한 우리 자녀들의 해석 가운데 재미난 내용과 자녀들이 가지고 있는 궁금증 몇을 소개한다.

I feel mad at the ugly snake because the snake made Adam and Eve go to a different place. Why didn't God stop the evil guy? I wouldn't eat the apple even though he said us that we could eat it.

나는 고약한 뱀에게 화가 난다. 왜냐하면, 뱀 때문에 아담과 이브는 다른 곳으로 보내졌기에 말이다. 왜 하나님은 악한 자를 멈추지 않았는지요? 하나님이 우리가 사과를 먹을 수 있다고 말하더라도 나는 사과를 먹지 않을 것이다.

– 김명철, 초등학교 3학년

How did God make himself? I am amazed the snake used to climb like a monkey oong ago. I wonder how God can walk upon the garden. I wonder if God looks like us because He created man in His image. How did God make all the animals and insects because there are so many now? How did Adam name almost all of the animals and insects of the world? I think Adam and Eve were not smart because they trusted the serpent. God already knew where they were, so why did He ask, "Where are you?"

하나님은 어떻게 자신을 창조했나. 태초에는 뱀이 원숭이처럼 뛰어다녔음에 놀랐다. 하나님이 동산을 어떻게 거닐었을까? 하나님이 사람을 자신의 형상대로 만들었다고 했다. 나는 하나님이 우리와 같이 생겼음에 놀랐다. 이 세상에는 많은 동물과 곤충들이 있다. 그런데 어떻게 하나님이 이 모든 것을 다 만들 수 있었을까? 아담은 어떻게 그 많은 동식물의 이름과 곤충들의 이름을 지을 수 있었을까? 아담과 이브는 스마트하지 않았다. 왜냐하면, 그들은 뱀을 믿었기 때문이다. 하나님은 아담과 이브가 어디 있는지 알고 있었다. 그런데 왜 "너는 어디 있느냐?"라고 물었나?

- 김지영, 초등학교 4학년

"You can not touch the tree or you will die." Not really die. I felt mad because the serpent made Adam and Eve leave the garden. I felt better because God punished the snake. I think God shouldn't have punished Adam and Eve so badly. It was all the serpent's fault.

If Adam and Eve hadn't done that, wouldn't we all live forever? What did Adam and Eve do everyday? Just eat, talk, and sleep?

"하나님이 그 나무를 만지면 죽을 것"이라 했지만 아담과 하와는 죽지 않았다. 나는 뱀에게 화가 난다. 왜냐하면, 결국 뱀이 아담과 하와를 에덴동산에서 떠나게 했기 때문이다. 그러나 하나님이 뱀을 벌주었기에 내 기분이 조금 좋아졌다. 하나님은 아담과 이브를 그토록 심하게 벌주지 말았어야 했다고 생각한다. 왜냐하면, 모든 것이 뱀이 잘못했기에 일어난 일이기 때문이다. 만일 아담과 이브가 잘못하지 않았다면 우리는 모두 영원히 살 수 있었을까? 아담과 하와는 매일 무엇을 했을까? 먹고, 이야기하고, 그리고 잠잤을까?

– 김지혜, 초등학교 6학년

여기 자녀들의 기록물을 사진으로 띄운다. 오래전에 기록했기에 상태가 그리 좋지 않음을 이해하기 바란다.

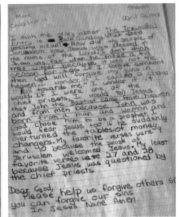

이처럼 자녀들은 성경을 읽고 생각하는 바가 어른들의 생각과 많이 다르다. 자녀들은 이 같은 훈련을 통해 덤으로 작문 연습도 한 것이었다. 그때 자녀들이 쓴 설교들은 아직도 우리 집의 귀한 보물로 간직하고 있다. 자녀들이 개척교회 시 준비했던 '주보' 샘플 하나를 띄워 본다.

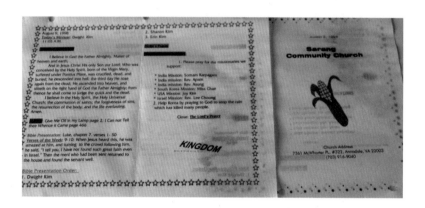

두 딸은 바이올린을, 그리고 아들은 첼로를 배웠다. 우리는 '사랑 스트링 앙상블'이란 이름으로 교회에서 예배드릴 때, 또는 봉사 활동할 때 연주하곤 했다. 교회에서 예배드릴 때는 교회 성도님들의 자녀까지 함께해서 〈Panis Angelicus(생명의 양식)〉, 〈Tosti(토스티)〉의 기도 등 성가곡을 연주하여 성도님들의 사랑을 듬뿍 받았다.

Los Angeles에 사시는 시부모님의 70, 80, 90세 생신 때 자녀들과 함께한 연주는 모든 사람을 기쁘게 했다. 시부모님의 자랑스러운 손자, 손녀가 됐다. 특별히 〈Eine Klein Nachtmusik(아이네 클라리네 나트뮤직)〉의 연주는 참석한 모든 사람을 놀라게 했다.

양로원에서 봉사 활동

사랑유스오케스트라: 교회창립일에(4/3/03)

　교회는 워싱턴 '사랑의 교회' 이름 아래 예배를 드리며 기도하며 창립예배를 준비했다. 교회 창립일은 2003년 4월 3일. 온 교인들이 기다리던 그날이 왔다.

　한국 교회에 기쁜 마음으로 교회 사용을 허락한 미국 Kirkwood 장로교회 Lees 담임목사님이 설교하고 남편이 통역했다. 워싱턴 지역의 장로

　　　　　　　　　　　　　　　　　　　나의 나 된 것

성가대가 특별찬양을, 본 교회의 사랑유스오케스트라가 연주했다. 예배에 참석한 미국 성도님들은 이 연주에 완전히 매혹된 듯이 보였다. 감탄했다는 것이 맞는 표현일 것이다.

많은 미국 성도님들도 창립예배에 참석하여 한인 교회 창립을 축하했다. 예배 후 친교 시간이었다. 친교실에 풍성한 음식이 가득 차려져 있었다. 일반 교인들도 그렇지만, 특히 미국 성도님들은 많이 놀라는 모습이었다.

이렇게 워싱턴 사랑의 교회는 지역 사회를 향해, 그들의 영혼 구원을 위해 힘차게 출발했다.

한국에서 부모님이 오시고 동생 경원이와 아들 한울과 바울이 와서 교회는 조금씩 성장할 수 있었다.

위싱턴 신학교에서 남편의 제자였던 원귀숙 권사님도 '위싱턴 사랑의 교회'에 오셨다. 원 권사님만 생각하면 한국 전쟁의 비극을 떠오르게 한다. 원 권사님은 함경남도 함흥이 고향이다. 원 권사님은 캐나다 선교사들이 함경도에 세운 영생보통학교를 졸업하시고 미술 공부하러 일본으로 유학 가셨다.

원 권사님의 어머님은 딸을 귀하게 여겨 유학에서 돌아오면 결혼을 시키시겠다고 그릇 등, 혼수까지 준비해 놓았다.

그러나 원 권사님이 일본 유학에서 한국으로 돌아오신 후 6·25 전쟁이 발발했고, 원 권사님 가정은 남한으로 피난 왔다. 남한으로 오신 후, 원 권사님은 고등학교와 동덕여자대학에서 교편을 잡았다.

그런데 원 권사님 어머니가 이북에 두고 온 재산을 가지러 다시 이북으로 들어갔다. 그러나 그 후 권사님은 어머니와의 연락이 끊겼고, 결국 어머니는 이북에서 돌아가셨다. 얼마 후, 아버지도 아무 일도 할 수 없는 무기력한 사람이 됐다. 또한, 막냇동생은 남한에서 행방불명됐다.

이처럼 원 권사님은 한국에서 불행한 삶을 사시다가, 1962년 미국으로 오셨다. 그 후 미국에서 직장 생활을 하시다 혼기를 놓쳐 혼자 살았다. 한국에 있었다면 어느 미술 대학의 교수가 되었을 수도 있었을 텐데……. 전쟁은 이렇게 한 개인의 삶을 피폐하게 만들었다.

원 권사님은 미국에서의 넉넉지 않은 삶에도 불구하고 절약하셔서 후배들을 위한 장학금도 기부하곤 했다. 정말 열심히 사셨던 원 권사님은 103세의 일기로 2022년 11월에 예수님의 품으로 가셨다.

'사랑의 교회'에 이도영, 정희라 집사님 그리고 아들 정기(David)가 출석했다. 이도영 집사님은 미국에서 공부한 후 미국 연방 정부 환경청에

서 일하였다. 정희라 집사님은 한
국에서 MBC 아나운서로 일하셨
고 미국에서는 Voice of America
에서 일했다.

이도영 집사님 가정

그런데 아들 정기의 발달이 늦
었다. 미국에서 고등학교를 졸업
했지만 다른 아이들과 같이 어울
릴 수 없었다. 이 같은 어려움 속에서도 늘 긍정적으로 살아가시는 두 집사
님이었다. 아들 정기가 몇 번의 눈 수술을 시도했지만 큰 차도가 없었다. 그
런데도 언제나 씩씩하게 사셨던 두 집사님을 지금도 응원한다. 의학기술이
하루가 다르게 발전하기에, 정기에게 조만간 좋은 일이 있기를 기대한다.

내가 성경 공부 모임을 인도하기 위해 정기와 함께 차를 타고 가면서,
차 안에서 찬양을 틀어 주면 정기는 우렁찬 목소리로 찬양을 따라 하곤
했다. 나는 이 같은 정기의 모습을 보고 정기가 음악에 소질이 있다고 집
사님께 말씀드렸다. 그 후 정기는 피아노와 성악 레슨을 받기도 했다.

김은주 집사님과 남편 Paul 장로님은 교회의 기둥 집사님이셨다. 아들
Theo와 Amy는 교회 어린이 주일 학교 교사로 교회를 섬겼다. Theo는
어머니 주일이나 추수감사절, 성탄절에 교인들을 위해 음식을 맛있게 차
려 놓기도 했다. 또한, Paul 장로님의 피아노 솜씨는 대단했다.

특별히 미국인들만 오는 딸 Amy의 결혼식에 남편이 주례를 맡았던 일
도 있었다. 몇 년 전 김은주 집사님을 만났을 때, 집사님은 내가 교회 친
교를 위해 준비했던 우거지탕이 지금도 먹고 싶다고 했다. 언젠가 다시
만나 우거지탕을 먹으며 사랑을 나눌 시간이 있기를 기도한다.

일반적으로 미국에 있는 한인 교회의 사랑토요학교는 2세들을 위한 한글 학교 위주로 운영된다. 그러나 '사랑의 교회'는 교회 다니지 않는 성인들도 참여할 수 있는 프로그램을 만들었다.

원귀숙 권사님은 옷 수선반을 열었다. 옷 수선반에서는 옷 수선에 관한 전반적인 기술을 가르쳤다. 이민 사회에서 옷 수선 직업을 가질 수 있도록 도왔다. 학생들은 한 학기 동안 옷 수선을 공부한 후 마지막 날 패션쇼를 성황리에 발표했다.

사랑토요학교 옷 수선반의 원귀숙 권사

사랑토요학교 발표회

나의 나 된 것

영어에 익숙지 않은 학생들을 돕기 위해 ESOL(English for Speakers of Other Language)반도 열었다. 영문학과를 전공하신 정희라 집사가 담당했다. 이를 위해 사용한 교과서는 내가 학원에서 특별히 만들어 사용하는 교과서였기에 더욱 인기가 높았다.

Paul 장로님과 아들 Theo는 영어 회화를 담당했다. 미국에 이민 온 대부분 한인은 한국인들을 대상으로 사업 등을 하기에 영어 회화가 많이 부족했다. 그래서 사랑토요학교는 이들을 돕기 위해 영어회화반을 열었다.

사랑토요학교 영어회화 성인반 Theo 선생님

미술을 전공한 내 동생 오경원 집사는 어린이 미술을 가르쳤다. 어린이들이 상상력과 창의력을 마음껏 발휘할 수 있도록 미술반을 운영했다. 사랑토요학교 마지막 날 작품발표회에서 그 진가가 입증되었다.

사랑토요학교 미술반 작품들, 오경원 집사님

사랑토요학교 어린이 한글반, 윤인희 집사님

악기를 배우기 원하는 학생들을 위해 개인 레슨반도 운영했다. 바이올린, 첼로, 비올라, 플룻 등의 클래스가 있었다. 이 음악프로그램으로 악기 연주를 배운 학생들은 〈사랑 스트링 앙상블〉로 교회 예배를 도왔다.

사랑토요학교 마지막 날 발표회 때는 모두가 배우가 되었다. 어른부터 아이들까지 모두 배우가 되어 연극에 참여했다.

나의 나 된 것

매년 추수감사절이 돌아오면 일반적으로 교인들은 교회 강대상 앞에 과일을 갖다 놓곤 한다. 그러나 사랑의 교회는 지난 일 년을 돌아보며 한 분씩 앞으로 나와서 감사 제목을 성도님들과 나누며 살아 있는 감사를 하나님께 드리곤 했다. 이때마다 교회는 성도들이 하나님께 바치는 감사의 말과 감사의 눈물로 눈물바다가 되곤 했다. 하나님과 성도들 앞에서 마음을 다해 드리는 감사 간증 하나하나가 살아 있어 듣는 이들에게 큰 울림이 됐기 때문이었다.

지난 한 해 힘들고 어려운 순간들이 많았지만, 그때마다 하나님이 간섭하셔서 오늘의 내가 있도록 도와주신 그 하나님께 감사했다. 간증하는 이들이 왜 그토록 진지한 얼굴들을 하는지, 그들의 목소리는 왜 가냘프게 떨리는지 우리는 모두 알고도 남았다. 그들의 간증은 모두 진실이었기에, 눈물을 동반했기에 살아 움직였다. 듣는 이들의 가슴에, 영혼에 커다란 울림이 됐다.

김은주 집사님 부부 감사간증

사랑의 교회 '감사간증'의 시간

사랑의 교회를 섬길 때는 항상 무보수였다. 그런데 종종 집 문 앞에 보낸 사람 이름 없이 놓여 있는 선물들이 있었다. 어떤 날은 새 소파, 또 다른 날은 김치냉장고 등이 밖에 놓여 있었다. Delivery Man에게 "우리는 주문한 적이 없다."라고 하자, 그들은 웃으면서 내게 'Gift(선물)'라고 쓴 메모를 보여 주었다.

어느 날은 집 차고 앞에 큰 상자 하나 놓여 있었다. 며칠을 기다려도 아무도 찾아가는 사람이 없었다. 할 수 없이 상자를 열어 보니 김치냉장고였다. 비가 와서 상자가 비에 젖기에, 차고 안으로 넣고 기다렸지만 아무도 찾으러 오지 않았다. 그래서 교회에 가서 누가 갖다 놨는지 몇몇 성도에게 물어보았지만 아무도 몰랐다. 결국, 그 김치냉장고는 지금까지 잘 사용하고 있다. 이사 갈 때마다 챙겨서 다녔는데 여전히 작동에 문제가 없다. 누가 김치냉장고를 놓고 갔는지 모르지만, 하나님께서 대신 갚아 주셨을 것이다.

안나산 기도원에서

    몇 년 전에 $10,000 수표가 집으로 왔다. 이에 대한 사연은 이렇다. 사랑의 교회에 출석하는 유학생인 집사님 딸이 있었는데 마지막 학기 등록금이 없었다. 이에 남편은 신용카드를 사용해서 집사님 딸의 등록금 문제를 해결해 주었다. 그로부터 십여 년이 지난 후 집사님은 당시의 도움을 기억하고 수표를 보낸 것이었다. 이 얼마나 주 안에서의 아름다운 모습인가.

    남편은 졸업한 RTS 신학교에 담당 교수님이셨던 Dr. Long의 이름으로 매년 $2,000씩 신학교에 장학금을 보내고 있었다. 어느 날 Dr. Long의 아들이 아버지 Dr. Long이 돌아가셨다고, 그동안 감사했다고 편지를 보내왔다. 그러나 남편은 이와 관계없이 그 후에도 한 해도 빠짐없이 신학교에 Dr. Long의 이름으로 장학금을 보내고 있다. 남편은 이처럼 소리 없이 도움이 필요한 분들이나 단체에 도움을 주곤 했다.

    남편 가족분들 가운데는 유난히 목사님이 많이 계신다. 특별히 외삼촌 김승곤 목사님께서 시무하시는 나성 서부교회는 국제성서 대학까지 운영하고 LA 지역에서 역사 있는 교회들 가운데 하나다. 외삼촌께서 은퇴하실 때쯤 부모님은 세 번이나 버지니아까지 오셔서 우리에게 L. A.로 오기를 권유하셨지만, 남편은 그런 식으로 가는 것을 원치 않아 번번이 거절하곤 했다.

"사람이 마음으로 자기의 길을 계획할지라도 그 걸음을 인도하시는 분은 여호와시니라"(잠언 16:9)

12

한글 교육

30. 한글 교육: 미 국방부 & 미 국무부

학원을 정리하고 무엇을 할까 기도하다 우연히 Inlingua 어학원이 Arlington Rosslyn에 있다는 이야기를 들었다. 무작정 지하철을 타고 찾아 갔다. 나는 가자마자 내 이력서를 보여 주며 자신을 소개했다.

나는 그 자리에서 취직됐다. 나는 그때부터 한국어 선생님으로 미 국 방부, 국무부, 혹은 FBI, CIA에서 학생들에게 한글을 가르치기 시작했다. 인기 있는 선생으로 알려져 미국 국세청(Internal Revenue Service IRS)에서 한국어 Level 1부터 Level 3까지 시험 문제를 내기도 했다.

또한, DLPT 5(Defense Language Proficiency Test)를 준비시키기도 하고 OPI(Oral Proficiency Interview)에서 Reading, Listening 시험을 담당하는 선생이기도 했다. 모든 언어의 Level은 Level 1부터 5까지였다. 학생들은 성적(Level)에 따라 언어 보너스(Language Bonus)를 받기 때문에 학생들에게 성적은 대단히 중요했다.

내가 처음 한글을 가르칠 때만 해도 한글 교재가 충분하지 않아 학생들에게 좋은 교재를 소개하기가 힘들었다. 그러나 갈수록 좋은 교재도 나오고, 또 내가 직접 만들기도 했다. 특히 인터넷은 나의 좋은 선생 그리고 좋은 교재가 되기도 했다. 특별히 듣기 수업에 도움을 많이 받았다.

다양한 학생들을 만나면서 나도 많은 것을 배울 수 있었다. 국무부에서 일하는 Mr. Keith란 학생은 당시 국무장관이었던 Hillary Clinton 밑에서 일하고 있었다. 그는 교환학생으로 영국에서 고등학교를 나왔고, 대학은 Yale대를 나왔다. '이런 사람을 보고 천재라고 하는구나.'라고 생각하며 그에게 한글을 가르쳤다.

하나를 가르치면 열을 아는 사람이었다. 그러나 공부는 잘했지만, 일상적인 삶에서는 평균에 미치지 못했다. 넥타이는 사무실에 두고 다녔다. 사무실에서만 겨우 넥타이를 매는 스타일이었다. 내가 "당신 같은 천재가 국무부에서 일하니 미국을 걱정하지 않아도 된다."라고 하자 "그래도 아무것도 변하는 것이 없다."라고 답했다.

그날부터 나의 목표는 이 학생을 자기중심적인 이기적인 모습에서 이타적인 모습으로 바꾸는 것이었다. 어떻게 하면 가지고 있는 실력으로 더 많은 열매를 맺을 수 있는 사람이 되게 할 수 있을까?

Washington D.C에 가면 McPherson Square란 지하철역이 있다. 그곳에는 언제나 집이 없는 사람(Homeless People)들이 많이 모여 있다. 특별히 겨울이 되면 더 많은 사람이 그곳을 찾았다. 나는 그들을 유심히 살피다가 한국 남자 한 분을 만날 수 있었다. 학교가 그 근처에 있기에 나는 그분과 Mr. Keith를 연결했다.

Mr. Keith가 Homeless People과 대화를 한다는 것은 상상도 할 수 없는 일이었다. 그런데 나는 Mr. Keith가 그 한국 남자분과 한국어 연습을 하도록 했다. 그리고 Mr. Keith와 함께 동네 가게(C.V.S)에 가서 양말을 산 후, 주위에 있는 사람들 가운데 양말을 신지 않은 이들에게 나누어 주었다.

그 후 Mr. Keith는 조금씩 바뀌어 갔다. 그를 향한 나의 목표는 그가 자신이 만들어 놓은 자신만의 울타리 세계에서 벗어나 다른 세계가 있음을 보게 하는 것이었다.

지금은 그가 어디서 어떻게 살고 있는지 모른다. 바라기는 그가 자신의 울타리를 벗어나, 그 후에 발견한 이 넓은 세계에서 자신의 역량을 맘껏 발휘하기를 바란다.

또 하나의 잊지 못할 수업은 F.B.I의 특별 그룹 3명과의 수업이었다. 나는 그 당시 다른 수업을 하고 있었기에 지금까지 해 왔던 수업을 다른 선생님에게 인계했다. 그 후, F.B.I가 Background Check을 한 후 나는 그들을 가르치기 시작했다.

이들은 6주 동안 한글을 공부했다. 6주 안에 기초부터 시작해 검찰 수사에 대한 단어까지 숙달하는 것은 불가능하게 보였다. 그러나 우리는 그 불가능을 가능케 했다.

마지막 수업에서 Korean Heroes 발표는 모두를 놀라게 했다. 그들은 모두 F.B.I. 요원이며 각자 다른 주에서 왔다. 대단한 사람들이었다. 이들과 하는 수업의 마지막 날이었다. 두 학생은 세종대왕과 이순신 장군을 연구하여 발표했다.

이 두 학생은 영어로 발표했다. 이들은 발표를 위해 세종대왕과 이순신 장군에 관한 책을 읽었다. 책을 통해 이들은 두 사람의 삶과 업적에 커다란 감명을 받았다. 책을 통해 이들이 받은 충격이 한순간의 충격으로만 멈추지 말고 이들의 가슴에 깊이 새겨졌길 바란다.

다른 한 학생은 Edwin Koons 선교사님의 증손자로서 Edwin Koons

선교사에 대해 발표했다. 증조할아버지는 한국에 Underwood(언더우드) 선교사와 함께 오셔서 경신학교를 세우신 Edwin Koons 선교사였다. 한국어로는 기록을 찾을 수 없었지만, 이 학생은 Edwin Koons를 영어로 찾아 증조할아버지의 기록을 발표했다. F.B.I 언어 담당 관계자는 학생들이 6주 만에 이룬 결실에 크게 감탄했다

한국 학생도 있었다. 국방부 소속이었다. 이라크와 전쟁할 때였다. 전쟁이 시작되면 해병대 특수부대가 먼저 들어가 길을 터놓는다. 한국 학생인 Mr. Kim도 해병대 특수부대 소속이었다. 그도 먼저 이라크에 들어갔다가 총알이 빗발치는 전쟁터에서 눈을 다쳤다. 그는 총알이 비처럼 쏟아졌다고 했다. 같이 있던 동료 군인이 옆에서 죽기도 하고 심한 상처를 입기도 했다. 그러나 그 속에서 자신이 살아남은 건 하나님의 기적이라고 간증했다.

그 간증을 듣는 내내 나는 얼굴을 붉혔다. 이처럼 전쟁은 비참한 것이다. 그래도 완벽하진 않지만 좋은 의술의 덕으로 이제 볼 수는 있다는 것이 감사 제목이었다. 우리는 성경으로 한글을 공부하기도 했다.

Mr. Kim 아버님은 뉴욕에서 소고기를 한국에 수출했다. 마침 한국에서 광우병 소동이 나서 수출이 지연되고 그 업계에 종사하던 많은 한국분들이 파산했다. Mr. Kim 아버지는 그 힘든 시기를 잘 견뎌 냈고 이제 좀 나아졌다. 한국의 광우병 소동은 이해할 수 없는 한국의 수치였다. 나는 미국분들을 상대로 한국어를 가르치는 선생으로서 미국분들께 참으로 죄송한 마음이었다.

미 국방부 Cheree 부부와 함께

　미국 공군의 한 학생은 한국 공군과 연결해서 한국에 미국 전투기를 파는 임무를 맡고 있었다. 비행기를 만드는 보잉사(Boeing) 그리고 미국 공군과 한국 공군이 함께 일을 했다. 간혹 그들이 같이 식사를 하기도 했는데 언제나 지출은 한 사람당 $10 정도로 하고 영수증을 첨부했다. 그들에게는 정직이 기본인 것을 보고 나는 신선한 충격을 받았다.

　국방부에는 군인만 있는 것이 아니라, 일반인도 군인들과 함께 일한다. James라는 이 학생은 한국어 Level 3이라 한국어도 잘했다. 이라크 전쟁때 이라크까지 가서 시아파와 수니파를 연구하고 왔다. 그리고 미국에 돌아온 후 국방부에서 자신이 연구한 것을 발표했다. 또한, 내가 담당한 한국어 시간에 그 내용을 한국어로 지도까지 그리며 설명해서 무지했던 나도 많은 것을 배울 수 있었다.

　어떤 학생은 미국 군인으로 한국에 2년 정도 근무했다. 그는 특별히 한국 노래에 관심이 많았다. 나는 한국을 떠난 지 너무 오래돼서 한국가요

　나의 나 된 것

를 많이 알지 못했다. '자전거 탄 풍경'이란 그룹이 부른 〈너에게 난 나에게 넌〉이란 노래를 배우고 싶다고 했다. 내게는 그룹 이름도 생소했고 가사 내용이 시적이었기에 가사를 영어로 설명하며 한국어로 부르기가 쉽지 않았다. 그래도 같이 하다 보니 나도 그 노래에 관심을 두게 되었다. 아름다운 노래였다.

다양한 미국분들을 만나면서 내가 그분들을 가르친 것보다 그분들을 통해 오히려 많은 것을 배웠다.

31. 한국어학부 졸업: 한국외국어대학

나는 한국에서 30년 살았다. 그리고 1983년에 미국에 왔기에 또 다른 30년을 아이들, 남편, 가정, 학원 그리고 교회를 섬기며 살았다. 그러던 어느 날, 나는 나를 위한 삶도 중요하다는 생각이 들었다. 그래서 내가 시작한 것이 공부였다. 이것은 60세까지 살아온 나에게 내가 주는 선물이자 도전이었다.

한국외국어대학 한국어학부에 등록했다. 외국인들에게 한국어를 가르치며 한국으로 나가는 미국인들을 준비시키고 있었기 때문에 한국어에 관한 전문적인 공부의 필요성을 느꼈다. 공부를 시작하고 처음에는 너무 힘들어 나에 대해 실망도 많이 했다. 어떤 단어는 분명히 한국어인데도 제대로 알아듣지 못해 엉뚱한 질문을 하기도 했다.

그렇지만 2년 동안 매일 컴퓨터 앞에 앉아 강의를 듣고, 숙제하고, 시험 보는 동시에 한국어 교사로서 미국 학교에서 한글을 가르쳤다. 때로는 내가 공부하는 수업을 학교 컴퓨터에 연결하여 '발음 교육' 등을 미국 학생들과 같이 들을 때도 있었다. 한글을 배우는 미국 학생들도 나의 이 같은 열심에 선생님에 대한 자부심을 느끼기도 했다. 또한, 외국어 대학교에서 배우는 방법을 실제로 외국 학생들에게 시도해 보기도 했다. 좋은 경험이었다.

나의 나 된 것

딸, 남편과 함께

한국외국어대학교 교수 중 한 분인 진정란 교수님이 있었다. 이 교수님은 미국 미시시피 잭슨 한인교회에서 한국어 학교 교장을 하셨다. 미시시피주의 Tougaloo College에 교환교수로 오신 적도 있다. 잭슨에서 10년을 살았던 나에게는 놀라운 인연이 아닐 수 없었다. 서로가 놀라 그간의 소식을 나누기도 했다.

2014년 8월 외국어대 한국어과 학위 수여식에 참석하기 위해 남편 그리고 큰딸과 함께 한국을 방문했다. 큰딸 지혜가 예약해 준 호텔에서 있으면서 오랜만에 친구들도 만나고, 서울 구경도 하고 좋은 시간을 보냈다.

나이 들어 공부하기란 쉽지 않지만, 그래도 즐거운 일이고 노화를 잠시나마 멈추게 하는 것 같았다. 몇 년 후 사이버 한국외국어대학교 총장님이신 김중렬 총장님께서 미국 버지니아까지 방문하셔서 용기를 주시고, 식사도 함께 나누며 유익한 시간을 가졌다.

13

남편 건강 악화

이마트, 버지니아주 뉴포트뉴스시

32. 이마트 개업

학원을 운영했던 건물과 학원을 처분하고 뉴포트뉴스 버지니아에 쇼핑센터를 사들였다. 상점이 20개가 넘는 제법 규모를 갖춘 쇼핑센터였다. 남편은 일주일에 한 번 쇼핑센터를 방문했다.

쇼핑센터에서 제일 큰 가게는 인터내셔날마트(식품점)였다. 그런데 이 마트가 문제를 일으켰다. 어느 날 그곳에 거주하는 한국분으로부터 연락이 왔다. 마트가 문을 닫았다 열었다 한다고. 알고 보니 가게 주인이 메릴랜드주의 X(가명)마트에서 물건을 외상으로 가져왔지만, 외상값을 갚지 않아 문제가 생긴 것이었다. 이에 건물 주인의 남편은 두 회사 다 쇼핑센터에서 떠나라고 통보했다. 그러자 X(가명)마트 측은 인터내셔날마트에 준 물건값이 많이 밀려 있으니 빈손으로 돌아갈 수 없다고 했다. 그러면서 마트 안에 있는 냉장고와 냉동고 등을 가져가겠다며 전기선을 자르기 시작했다. 평생 보기 힘든 광경이었다.

결국엔 두 회사 모두 떠났고, 공간만 남았다. 공간을 그대로 방치할 수 없어서 시작한 것이 이마트(Ever Green Market)다. 이 마트는 정말 힘들게 시작했다. 그러나 몇 년이 지나면서 뉴포트뉴스에서 제일 큰 인터내셔날마트로 자리매김했다.

우리의 생각과 계획과는 다르게 우리의 삶이 진행되고 있었다. 남편은 목회보다는 사업 쪽에 더 무게를 두게 됐다. 이에 남편은 교회에 부목사님과 음악목사님을 모셨다.

남편은 주중에 많은 날을 사업장에서 보내다가 주말이 되면 주일 준비를 했다. 나는 주일예배 후의 친교를 위해 늘 음식을 준비했다.

E-Mart 야채부와 생선부

나는 주중에는 한국어 선생님으로 주말이 되면 남편과 함께 교회 일을 감당했다. 나는 마트에서 가지고 오는 재료로 주일 친교 시 전 교인이 먹을 음식을 매주 만들었는데 충분한 재료를 사용해서인지 언제나 인기를 끌었다.

33. 암과의 싸움

남편과 나는 모두 무슨 일에나 최선을 다하는 성격이다. 그러던 어느 날, 남편의 얼굴과 눈까지 황달로 변하고 있음을 발견했다. 또한, 몸은 너무 말라 바지 속 다리는 꼭 막대기를 끼워 놓은 모습이었다.

급하게 병원을 예약하고 검사했지만 쉽게 그 원인을 찾지 못했다. 결국, 찾아낸 것이 담낭(Gallbladder)에 돌이 있다는 것이었다. 그래서 의사와 약속을 하고 시술하러 Inova Fairfax Hospital로 갔다.

그런데 담낭을 제거하려던 의사가 놀란 모습으로 수술실에서 나왔다. 담낭이 아니라 Ampulla Carcinoma(팽대부 암)이라 했다. 남편과 나는 많이 놀랐다. 의사가 팽대부 암은 십이지장과 췌장이 만나는 곳에 생긴 종양이라고 했다.

그러나 우리는 오래 놀랄 시간이 없었다. 다음 단계인 수술을 위해 훌륭한 의사를 찾아야 했다. 그래서 만난 의사가 이 지역에서 잘 알려진 George-town Hospital의 Dr. Thomas Fishbein이었다.

수술 전, 큰딸 지혜와 함께 담당 의사를 만나러 갔다. 의사는 수술에 대해 자세히 설명해 주었다. 그리고 담당 의사는 곧 하게 될 수술의 수술명은 Whipple Surgery라고 우리에게 설명해 주었지만 우리는 제대로 이해하지 못했다. 이 수술이 얼마나 위험한 수술인지를 그때까지는 전혀 몰랐다.

처음에 병원에서는 수술 후 2~3일 정도면 퇴원할 수 있다고 했다. 그래서 예약했던 Florida 가족 여름휴가도 가능하다고 생각했다. 그런데 이 모든 계획이 수포가 되었다. 남편이 수술한 다음 날 저녁부터 몸에 문제가 생겼기 때문이었다.

수술한 날 저녁에 남편이 소변을 볼 수 있으면 곧 퇴원할 수 있었다. 그러나 남편은 아무리 해도 소변을 볼 수 없었다. 그래서 다시 병실로 돌아갔다. 그런데 이렇게 병실로 다시 돌아간 것이 당시에는 실망이었지만, 곧 감사 제목으로 바뀌었다.

병실로 돌아간 후 얼마 안 있어서 열이 화씨 104℉까지 올라갔다. 나는 남편의 이마와 얼굴을 얼음물로 닦아 주며 열을 식히려 했다. 그런데 갑자기 남편의 말이 어눌해지더니 정신을 잃었다. 그때야 나는 놀라 뛰어가 사무실에서 전화를 걸고 있었던 레지던트 의사의 손을 잡고 병실로 함께 왔다.

남편의 모습을 본 의사는 상황이 급한 것을 인식하고 남편의 코에 산소호흡기를 끼운 후 여기저기 연락하며 지하실 X-Ray실로 남편을 데리고 내려갔다. 그 후 남편은 일주일 동안 깨어나지 못했다. 병원 연구실에 있는 연구원들과 의사들은 그 원인을 찾기 위해 애썼다. 결국, 의사들은 일주일 걸려 패혈증이란 병명을 내놓았다.

병명을 알았다고 바로 치료에 들어갈 수는 없었다. 병명에 맞는 약을 찾아야 했다. 그래서 의사들은 산소 호흡기와 모든 의료시설을 이용해 남편의 생명을 연장시키고 있었다. 병원연구실에서는 분주히 남편 Infection에 맞는 약을 찾고 있었다. 결국, 의사들이 찾았고, 남편은 깨어날 수 있었다.

늘 출장을 다녔던 큰딸 지혜는 아예 집으로 일터를 옮겼다. 온종일 일하고 저녁에는 병원으로 출근해 아빠를 지켰다. 지혜는 직장 생활하면서 대학원에 가고자 GMAT(MBA대학원에 들어가기 위한 시험)를 준비하고 시험 일정까지 나왔는데, 아빠의 갑작스러운 병환에 지혜의 이 모든 계획을 취소할 수밖에 없었다.

지혜는 전화로 동생들에게 시시때때로 아빠의 상태를 연락해서 둘째 지영이는 미네소타주에서, 막내 명철이는 플로리다주에서 급하게 와 세 자녀가 병원으로 모였다. 병원에서는 둘째 딸 지영이가 의과 대학 학생이라고 지영이만 찾았다.

이제는 위험한 고비를 넘겼고 남편은 중환자실로 옮겨졌다. 그러나 며칠 후 또 문제가 생겼다. 병명은 Pleural Effusion. 폐에 물이 차서 목에 구멍을 내고 호스로 연결한 후 남편은 다시 살아났다. 아들 명철이가 매일 밤잠을 안 자고 아빠 곁을 지켰다. 보호자는 중환자실에서 잠을 잘 수 없었기 때문이었다. 제일 어린 명철이는 간호사에게 보다 친절히 간호할 것을 부탁하며 아빠를 위해 최선을 다할 것을 강조했다.

그런데 문제는 항상 밤늦게 생기곤 했다. 이번엔 몸속에 호스로 연결된 부분이 어긋나 구멍이 생겼다고 했다. 나는 의사의 얼굴을 보는 순간 크게 실망은 하지는 않았다. 왜냐하면, 의사의 얼굴에서 '아무것도 아니다.'

나의 나 된 것

라는 자신만만한 모습을 보았기 때문이었다. 그것은 수술이 아니라 시술이라고 했다. 나를 안심시키기 위함이었겠지만 그런 과정을 통해서 남편은 다시 깨어났다.

이젠 남편이 회복하는 일만 남았다고 생각했다. 병원에서도 나에게 집에 돌아가 잠을 자도록 권유했다. 중환자실은 보호자가 함께 기거할 수 없고 병원 한 귀퉁이에서 쪼그리고 잘 수밖에 없었기 때문이었다.

그런데 며칠 후 한밤중에 또 사건이 터졌다. Internal Bleeding으로 몸에 있는 피를 다 쏟았다. 큰딸이 운전해서 병원에 도착했을 때는 병실 바닥이 피로 흥건히 고여 있고, 남편의 침대는 병실에 없었다. 내가 충격을 받을까 봐 병원 측에서 나를 병실에 들어가지도 못하게 했다.

남편이 나중에 그때 상황을 설명했다. 남편은 몸이 이상해서 침대에서 몸을 일으키려고 간호사를 불렀지만 멀리 있었던 간호사는 남편의 도와달라는 외침을 듣지 못했다. 남편은 마지막으로 몸을 일으키며 큰 소리로 도움을 청했다. 그때야 한 간호사가 뛰어 들어왔다.

9월 28일에 둘째 딸 지영이의 결혼식이 예정되어 있었다. 이를 잘 알고 있었던 남편은 그 결혼식에 가지도 못하고, 딸의 손을 잡아 주지도 못하고 죽게 된다는 안타까움으로 "지영아, 미안해." 외치며 피를 토하며 의식을 잃었다.

그날 남편은 온몸의 피를 다 쏟았다. 결국, 남편은 수혈을 받으므로 다시 살아날 수 있었다. 나는 지치기도 하고 화가 나서 의사에게 따지고 물었다. 그렇게 힘든 수술인지, 처음부터 왜 말을 하지 않았느냐고 대들었다. 의사는 "그럼 수술 안 하고 죽을래요? 아니면 힘들지만 시도해 보겠

어요?"라고 말했다.

Georgetown 병원에서 처음 수술할 때부터 사건이 일어날 때마다 병원에서는 미스터 김 Case로 Conference를 열었다. 그러니 병원에 있는 모든 내과 의사들은 이 사례에 대해 다 알고 있었다. 몇 번의 고비를 넘기면서 남편은 하루하루 회복되고 있었다.

남편은 한 달간 중환자실에 머물다가 일반 병동으로 옮길 수 있었다. 남편이 이 순간을 얼마나 기다렸는지 모른다. 그래서 남편은 서둘러 침대에서 일어나려 했다. 그러나 남편은 침대에서 일어날 수가 없었다. 한 달간이나 침대에 누워 있었기 때문이었다. 지구 중력이 이렇게 대단한 것인지 처음 알았다고 했다.

나의 엄마와 동생 경원이까지 와서 남편이 복도에서 걷는 연습하는 것을 지켜보았다. 하나, 둘, 하나, 둘, 모두 행복하고 즐겁게 웃으면서……. 의사들은 "미스터 김 is a strong man!" 하며 격려했다.

집으로 돌아온 후에도, 남편이 정상적인 식사를 할 수 있을 때까지 한 달간 영양공급 주사를 맞았다. 지혜는 집에서 간호사들이 하는 일을 묵묵히 다 감당했다.

9월 28일. 남편은 둘째 딸 지영이 결혼식에서 감격스럽게 지영이 손을 잡고 입장했다. 물론 정상적인 몸 상태는 아니었다. 양복 속으로 호스를 감추고 겨우 참석할 수 있었다.

결혼식 며칠 후 내가 운전해서 뉴포트뉴스에 있는 마트에 갔다. 오랜만에 남편을 본 직원들은 손뼉을 치며 환호했다. 그러나 이후에도 남편이

나의 나 된 것

정상적인 생활을 하기까지 시간이 걸렸다. 나는 학교에서 가르치는 일을 잠시 멈추고, 남편의 운전사로 마트에 도움이 되는 일을 했다.

나는 남편 대신 야채를 사러 북 버지니아의 큰 마트를 찾아다녔다. 매주 목요일에는 배추, 무, 두부, 김치, 그리고 콩나물 공장에서 콩나물, 숙주 등을 큰 차에 가득 싣고 마트에 가곤 했다.

2015년 1월 다행히 쇼핑센터와 마트를 함께 구입하겠다는 분이 있어서 사업을 정리할 수 있었다. 우리는 처음부터 물질을 따라가지 않았지만, 이번에도 물질이 우리를 따라왔다.

> "사람이 마음으로 자기의 길을 계획할지라도 그 걸음을 인도하는 하시는 분은 여호와시니라"(잠언 16:9)

34. 교회 사임

하나님의 인도하심으로 시작한 사랑의 교회도 계속할 수 없었다. 건강 상의 문제로 부목사님, 음악목사님 그리고 참석한 성도님들과 마지막 예배를 드리고 친교로 마쳤다. 마지막 예배에는 그동안 잠시 떠나 있었던 교인들과 미국 교회 교인까지 참석해 감사와 추억의 시간을 함께했다.

10년 전 우리 가정은 미국 교회에 출석했다. 그런데 미국 교회에서 남편이 목사인 줄 알고 교회를 개척하도록 도와주었다. 특별히 Mr. Alan Biskey 장로님을 만남으로 모든 일이 쉽게 풀렸다. Biskey 장로님은 선교적 차원에서 당연히 해야 할 일로 생각하시고 우리를 적극적으로 도왔다.

미국에 있는 한인 교회는 자체 성전이 없으면 미국 교회를 빌려서 월세를 내고 사용한다. 그러나 우리는 Alan Biskey 장로님의 도움으로 월세 없이 미국 교회 Kirkwood Presbyterian Church를 사용할 수 있었다.

일반적으로 미국 교회들은 주일 오전예배가 끝나면 그날의 일정이 끝난다. 그러나 Alan Biskey 장로님은 달랐다. 오후에는 그의 아내 Mrs. Biskey가 어린이 성가대와 어린이 뮤지컬팀을 이끌었다. 이 장로님 부부

는 직접 간식까지 준비하며 찬송을 가르쳤다. 이 부부는 큰 밴(van)으로 학생들을 픽업(pick-up)한 후 직접 운전해서 청소년팀 모임을 인도했다. 이들은 모든 일을 교회 중심적으로 했다. 참으로 귀한 분들이었다.

우리 자녀들은 그 교회에서 어린이 성가대도 하고 어린이 뮤지컬도 했다. Alan Biskey 장로님의 딸은 내가 운영하는 학원에서 가르치기도 했기 때문에 장로님 가정과 더욱 가까워졌다.

예배 후 친교 시, 한국 음식을 먹어도 큰 문제가 되지 않았다. 얼마 지나지 않아 미국인 성도들도 한국 음식에 관심을 갖게 됐다. 한국 교회에서 특별한 파티가 있으면 은근히 초대해 주기를 바랐다.

남편은 교회 사임 후, 징검다리 선교회(Stepping Stones Foundation) 비영리 단체(non profit organization)를 운영하고 있다. 자폐증(Autism) 아이들을 돕는 학교, RTS 신학교, 개척교회, 그리고 지금은 할 수 없지만, 북한 선교, 미국 적십자사 등 도움이 필요한 여러 곳을 돕고 있다.

글을 맺으며

어제

오늘

35. 첫째 지혜(Erin)

첫째 딸은 살림 밑천이라고 했던가? 정말 말없이 부모를 돕는 사랑스러운 딸이다. 지혜가 어렸을 때 시부모님도, 남편도 목회했기에, 집에는 늘 성도분들이 방문했다. 교인들이 오면 음식을 대접하고, 가실 때는 별도로 싸 드리곤 했다. 지혜는 엄마의 이 같은 모습을 보고 자기 또래의 친구들이 집에 놀러 왔다가 갈 때 자기 장난감들을 주곤 했다. 아이들은 어른들이 하는 대로 배운다고 하는데 정말 그런 것 같다.

지혜는 비록 미국에서 태어났지만, 할아버지, 할머니, 엄마, 아빠하고 대화할 때 언제나 한국말로 했다. 그러다 막상 유치원에 들어갈 때는 영어를 못 해 어린 지혜가 고생을 많이 했다. 그러나 지혜는 학년이 올라감에 따라 영어도 잘하고 공부도 잘했다.

5학년 때, 선생님과의 면담이 있어 학교에 갔다. 그런데 지혜가 "엄마, 내가 학교 도서관에 있는 책을 다 읽었어." 자랑스럽게 말했다. 그때는 그냥 "그래. 우리 지혜 대단하네." 하고 말았는데, 지혜가 고등학생이 되서야 대단한 것을 알게 됐다.

어느 날, 미주한국일보에서 National Merit Finalists를 발표했다. 그런데 신문 기사에 ERIN J, KIM이라는 이름이 눈에 띄었다. 나는 즉시 한국일보사에 전화를 걸었다. 미국 전체 고등학교 학생 상위 1%에 들어간 것이었다. 그 후 한국일보사에서 인터뷰 요청이 들어왔고, 인터뷰한 내용이 한국일보 기사에 실렸다.

고등학교 시절 지혜는 종이에 성경 말씀을 적어 자기 방 벽에 가득 붙여 놓고 기도하며 공부했다. 남편은 지혜 방의 이 같은 모습을 사진에 담지 못했음을 내내 아쉬워하고 있다.

지혜는 공립학교인 University of Virginia로 진학했다. 거기서 Mcintire School of Commerce에서 Commerce를 전공하며 영어를 부전공으로 졸업했다. 졸업 후 Accenture Consulting, Box 등에서 일하며, University of Pennsylvania의 Wharton School에서 MBA를 받았다.

2년 전에 응급의학과 의사와 결혼해 현재 캘리포니아 San Jose에서 행복하게 살고 있다.

36. 둘째 지영(Sharon)

시할머니께서는 "지영이 이름을 예쁜이라고 해라."고 하시며 지영이를 '예쁜이'라고 부르시며 늘 듬뿍 사랑해 주셨다.

지영이가 두 살 때였다. 아장아장 걸을 때였다. 외식하러 온 가족이 나가면 지영이는 뒤떨어져서 걸어오시는 시할머니 손을 잡아 드리고 함께 걸어왔다. 2살 난 꼬마의 속 깊은 모습이었다.

버지니아로 이사 온 후, 지영이는 시험을 보고 G.T. 클래스에 가게 됐다. 초등학교와 중학교까지 G.T.에서 공부했다. 이런 지영이도 중학교 때 사춘기에 영향을 받았다. 친구들과 사귀며 노는 데 정신이 팔려 있었다. 나는 아무래도 안 되겠다고 생각했다. 그래서 Thomas Jefferson High School for Science and Technology(과학 고등학교)로 보내야겠다고 생각하고 지영이가 이 학교에 들어가기 위해 시험 준비를 하도록 했다. 학교는 미국 최고의 Magnet School로 미국에서 제일 좋은 공립 고등학교였다.

지영이는 교회에서 어린이 주일 학교 봉사와 바이올린 연주, 그리고 노인들을 위한 차량 봉사와 양로원을 방문하여 언니와 함께 바이올린을 연

나의 나 된 것

주하기도 했다.

지영이도 대학을 선정할 때, 우리의 세금 보고가 장학금 받을 수 있는 경계선에 있었기 때문에, 처음부터 사립학교는 포기하고 University of Virginia로 결정했다.

지영이는 대학을 졸업한 후 1년간 Inova Fairax Hospital에서 일하며, T. J. 고등학교에서 cheerleader 코치로 치어리더 전국대회까지 출전했다. 그래서 엄마인 나는 지영이가 언제 시간을 내어 MCAT(의과대학 입학시험)을 공부할까 은근히 걱정했다. 그러나 지영이는 엄마의 우려에도 불구하고 40명만 뽑는 Mayo Clinic College of Medicine in Rochester, Minnesota에 합격했다.

다른 의과대학은 입학 인원도 많지만, 등록금이 비싸기에 의대생들은 졸업 시 많은 빚을 지게 된다. 그러나 Mayo Clinic의 학생들은 거의 장학금으로 공부하기에 졸업 후를 걱정하지 않아도 됐다.

Mayo Clinic 졸업식에서 남편과 함께

미네소타에서는 한국 상점이 없기에 한국 음식을 만들 수 없었다. 그래서 나는 딸에게 갈 때마다 큰 이민 가방에 갈비, 불고기, 삼겹살, 생선, 고추장, 김치 등을 잔뜩 가지고 가곤 했다.

2016년 지영이는 Mayo Clinic을 졸업한 후 Mayo Clinic Residency를 거쳐 현재는 Inova Fairfax Hospital의 의사로 있다.

U.V.A를 졸업하고 George Town University에서 MBA를 공부한 Eric과 결혼하여 두 딸 보배(Eliza)와 보람(Eleanor)과 함께 Fairfax Virginia에서 행복하게 살고 있다.

37. 막내 명철(Dwight)

두 딸이 태어나고 막내로 아들을 태어났다. 그리고 할머니가 이름을 '명철'이라 지었다. 명철이는 태어나자마자 할아버지, 할머니, 증조할머니의 사랑을 독차지했다.

그러나 막내를 낳자마자 병원에서 내가 B형 간염 보균자라는 사실을 알게 됐다. 신생아인 아들까지 예방 접종을 해야만 했다.

그렇게 막내를 낳은 지 3개월이 지났다. 혼자 세 명의 자녀들을 키우기가 힘에 부쳤다. 그래서 막내아들 명철이를 할아버지, 할머니 댁에 보냈다. 막내는 그 후 이 년 동안 시할머니, 할아버지, 할머니, 시고모, 어르신 네 분의 관심과 사랑을 차고 넘치게 받았다. 그 후 두 살이 되어 엄마 아빠에게 돌아왔다.

명철이는 어렸을 때 특별히 수학을 잘해 눈높이 수학을 잠시 쉬게 한 적도 있다. 유치원 학생이 너무 앞서가는 것도 도움이 되지 않는다고 생각했기 때문이다.

막내는 기억력이 좋았다. 어린이 주일 학교가 어땠냐고 물어보면 예배 순서를 줄줄 외었다. 그것도 몇 시 몇 분까지 말이다. 12시 32분에 요한복음 3장 16절을 읽고, 1시 3분에 찬송가 127장을 부르고 등이었다. 이럴 때면 옆에 있던 누나들은 할 말을 잃었다. 막내의 신기한 기억력에 말이다.

학원을 할 때 학원이 시끄러워서 가 보면, 명철이가 아이들하고 교실 안에서 축구를 했다. 나는 시끄럽다고 불평하는 주위의 미국분들 때문에 어려움을 겪고 있었지만, 아들은 교실에서 책상과 의자들을 피하며 공을 차곤 했다. 또한, 친구들을 너무 좋아해서 우리 집에는 아들의 친구들이 늘 와 있었다.

장난꾸러기 아들이지만 그래도 뭐든지 하면 잘했다. 우리 가족의 '사랑스트링 앙상블'에서 첼로 파트를 맡아서 했다. 피아노도 치기 시작하면 쉽게 외어서 치곤 했다. 나는 막내와 함께 Elgar의 〈Salut d'Amour op12(엘가 사랑의 인사)〉를 교회에서 연주하기도 했다.

초등학교 때부터 학교에서 포스터 contest를 하면 상을 타 오곤 했다. 작품은 학교 안에서 우선 뽑히고, 다음은 County, 그다음은 State(주)까지 올라간다. 막내는 그림으로 State까지 올라가서 상을 받아왔다. 그래서 중학교 때 미술 학원을 보냈는데, 인내심 부족으로 몇 장의 그림을 그렸을 뿐 계속해서 다니지는 못했다.

아들은 Virginia Tech(버지니아 택)에서 IT 전공으로 졸업했다. IT를 전공한 학생들을 모집하는 기업이 많았기에 졸업 후 바로 취직되었다. 그러나 혼자 일하는 것보다 사람들과 어울려 일하는 것을 좋아하는 아들은 다니던 직장을 그만두고 지금은 친구들과 함께 부동산 투자 사업을 하고 있다.

나는 막내를 낳고 30년을 B형 간염 보균자로 살았다. 간 수치가 점점 올라갔다. 남편은 내가 피 검사를 할 때마다 그 결과를 기록하며 간 수치를 추적했다. 이렇게 4~5년 동안 추적 끝에, 특별한 증상은 없었지만 결국 간암 초기라는 진단을 받았다.

결국, University of Pennsylvania 병원에서 간암 수술을 했다. 간암 초기라 레이저로 암 부위를 태울 수도 있었다. 그러나 이 같은 시술은 재발 우려가 컸기에 결국 암 부위를 도려내는 수술을 받았다.

지금은 수술한 지 5년이 됐다. 6개월에 한 번씩 MRI로 수술 부위를 살피는 작업도 이제 하지 않는다. 수술 후 5년이 되어 안정기에 들어섰기 때문이다. 지금은 몸이 회복되어 건강하다. 이 모든 것이 하나님의 은혜임을 확신하며 그에게 찬송과 영광을 올린다.

지영·명철·지혜, 둘째 지영의 결혼사진 중

38. 할머님을 추억하며

항상 사랑으로 나와 동생들을 키워 주신 할머님께 감사드린다. 내가 첫 직장인 신세계에 입사해 첫 봉급으로 신세계 백화점에서 악어 핸드백을 할머니께 사 드렸다. 할머니는 많이 기뻐하셨다. 할머께서는 어디를 가시든지 그 핸드백을 들었고, 자랑하시며 다니셨던 모습이 아직도 눈에 선하다.

나에게 '마리아'라는 예명까지 지어 주시고 언제나 "예쁘다.", "착하다.", "잘한다." 등 칭찬으로 부족한 나의 자존감을 키워 주셨다. "너는 천귀성을 타고났으니 누구에게나 사랑을 받을 것."이라고 말씀해 주셨다. 또한, 할머니는 무엇이든 나누고 베푸는 모습을 직접 보여 주셨다.

우리 가정이 경제적으로 힘들게 살아 할머께 무거운 짐을 드렸다. 할머니는 된장, 고추장, 때론 쌀도 갖다 주시고, 우리 가정일이라면 무엇이라도 도와주시고자 애를 많이 쓰셨다. 특별히 나를 많이 사랑해 주셨는데 내가 미국에 온 후 찾아뵙지 못해 정말 죄송했다.

할머니는 한국에서 99개의 방을 가진 집에서 태어나시고, 경기여중을 다니셨으며, 당대의 대단하셨던 한상룡 할아버지 가문의 딸이셨다. 친일파라는 프레임에 엮이기 싫어 스스로가 알려지는 것을 꺼렸다. 할머님이 태어나시고 어린 시절을 보내신 집이 가회동의 백인제 가옥이다. 1977년 서울시에서 민속 문화재 제22호로 지정하여 원하는 사람은 누구나 관람할 수 있게 됐다. 영화 〈암살〉의 촬영지기도 했다.

6·25 전쟁 시 할머니는 겪으셨던 일화가 생각난다. 할머니와 어머니, 이모는 6·25 전쟁이 발발하자 피난 가려고 짐을 꾸렸다. 그러나 한강 다리가 끊어져 세 분은 집으로 다시 돌아와야 했다. 돌아오는 길목마다 어느새 북한군들이 지키고 있었다. 북한군들이 '동무, 동무'라고 부르는 소리가 사방에서 들려왔다. 그들은 세 분을 보자마자 다짜고짜로 물었다. "여기서 뭐 하냐?" 짐을 풀라고 외쳤다.

할머니는 짐 속에서 옷을 하나하나 꺼내 보이기 시작했다. 할머니는 '애국동지회' 회원이라서 제일 밑에 태극기와 애국동지회 완장을 숨기고 있었다. 만일 이들이 짐 속에 있는 태극기를 발견이라도 하는 날에는 어떤 일이 일어날지는 너무나 명확했다. 그 자리에서 총살감이었다.

숨 막히는 순간이었다. 이들이 옷 하나만 더 들추면 바로 태극기가 나올 판이었다. 바로 그 순간, 갑자기 하늘에서 굉음이 울렸다. 미군 전투기 B-29가 나타났다. 이에 '동무! 동무!' 부르던 북한 군인들은 어느새 사라져 버렸다.

북한 군인들이 도망간 후 할머니와 어머니 그리고 이모가 짐을 다시 정리하고 있었다. 그런데 이번에는 국군이 나타났다. 이 얼마나 다행스러운 일이었나! 국군이 도와주어서 이들은 집까지 무사히 돌아오실 수 있었다. 그 당시 이들은 기독교인은 아니었지만 그 순간 모두 "하나님 감사합니다." 하며 가슴을 쓸어내렸다.

어머니는 그때 그 사건을 평생 잊지 못하셨다. 언젠가 어머니가 병원에서 수술한 적이 있다. 자녀들과 손자 손녀들이 병문안 왔다. 그런데 수술 후 마취에서 깨어난 어머니는 병문안 온 손자를 보고 "공산당이 왔다!"고 외치며 손자를 "나가라!"고 하셨다. 어머니가 그때 받은 그 충격이 얼마나 컸으면 말이다.

할머니께서는 언제나 신분의 귀천을 떠나 모든 이에게 사랑을 베풀며 본을 보이셨다. 그러나 할머니는 할머니의 잘못은 없으셨지만 언제나 숨죽이고 사셔야 했다. 일제 강점기에 사셨던 분들은 이미 다 돌아가셨는데도, 한국에는 아직도 친일파 문제가 해결되지 않고 있어 안타까울 뿐이다.

나의 나 된 것

39. 부모님을 추억하며

모든 부모가 다 그렇겠지만 나의 아버지, 어머니 두 분 다 자녀를 잘 키워 보려고 애쓰셨다. 어렸을 때부터, 네 딸에게 피아노 레슨을 받게 했다. 그러나 막상 아이들이 커서 비용이 필요할 때는 가정 형편이 어려워 평범한 학교 교육도 감당하기 힘들었다. 당시는 중고등학교도 학비를 내야 했으니 말이다.

나는 그래도 고등학교를 졸업한 후에 어려움을 겪었지만, 동생들은 어린 나이에 힘든 과정을 겪어야 했다. 둘째 경원이는 고등학생, 셋째 승원이는 중학생, 특별히 막내 재원이는 초등학교 4학년 때었다. 모두 어린 나이에 가정이 궁핍해져 고난을 통과해야만 했다.

화곡동에 8년을 살면서 여섯 번 이사했다. 이사할 때마다 가정은 점점 더 힘들어졌다. 때로는 전기 시설이 갖추어지지 않은 곳으로 이사하기도 했다.

친척들 가운데 한 가정이 화곡동에 살았다. 그 아주머니 남편의 성이 '옥'씨라서 우리는 항상 옥집 아주머니라고 불렀다. 가까이 살기에 우리가 도움도 많이 받았다. 아주머니는 가끔 '수박 껍질'을 모아서 우리에게 주곤 했다. 아주머니는 '수박 껍질'을 주시면서도 '다음엔 먹지 않은 새 수

박'을 줄게 말하곤 했다.

그런데 어머니는 그것으로 나물을 맛있게 만들어 주셨다. 내가 미국에 와서 그것을 기억하고 나도 수박 껍질로 나물을 만들었는데 이제야 한국에서도 수박 껍질 무침이 영양이 많다고 인기를 끌고 있다니 어머니는 대단한 선견지명(?)을 가지셨던 것이 분명하다.

내가 몸이 불편해 집에 누워 있을 때도, 부모님은 어떻게 해야 할지 잘 아셨지만 나를 병원에 보낼 수 없는 부모님의 마음은 얼마나 아프셨을까?

미국에 이민 오신 후 아버지는 당뇨병으로 고생하셨다. 어머니는 식이요법으로 아버지 식단에 신경을 많이 썼다. 그러나 아버지는 집에서 넘어져 결국 엉덩이뼈가 부러져 수술했다. 아버지를 부축할 수도, 간호할 수도 없어 죄송한 마음으로 아버지를 요양병원에 보내 드렸다.

아버지는 3년 동안 그곳에서 지내시다 건강이 악화하여 Inova FairFax Hospital에 입원했다. 치료 후 건강 회복을 위해 더 가깝고 환경이 좋은 곳에서 재활 치료를 받으실 수 있도록 아버지를 Arlington의 재활 치료 병원으로 옮겼다. 그러나 그곳에서 일주일을 넘기지 못하시고 2000년 10월에 폐렴으로 돌아가셨다. 좀 더 일찍 다른 병원으로 옮겨 드렸어야 했는데 아쉬움이 가시지 않는다.

그날 남편은 오늘은 장인어른께 가서 예배를 드려야겠다고 아침부터 서둘러서 함께 병원에 갔다. 아버지는 기쁜 모습으로 우리를 맞아 주셨고 함께 예배드렸다. 힘이 없어 몸을 가누기가 어려우셨음에도 아버지는 '아멘' 하시며 머리를 끄덕이시기도 하셨다. 그리고 우리가 그 자리를 떠

날 때 나에게 환한 미소로 잘 가라고 손을 흔들어 주셨던 아버지의 마지막 모습은 아직도 내 마음 깊은 곳에 온전히 남아 있다.

그렇게 대단하셨던 아버지의 인생이 사람의 눈으로 보기에는 실패한 모습 같지만, 천국으로 가시는 마지막 모습은 너무도 아름답고 기쁜 모습이었다. '아버지! 아버지께서는 성공한 삶을 사셨습니다. 자녀들을 너무 고생시켰다고 마음 아파하셨지만, 아버지는 우리들에게 너무 많은 축복을 주시고 떠났습니다.'

어머니는 하나님의 은혜로 미국에 오셔서 어머니가 마음에 드는 집을, 엄마만의 보금자리를 갖고 계셨다. 기쁨으로 엄마와 같이 침대와 식탁 등 가구를 준비하던 때가 엊그제 같은데, 그곳에서 18년 사시다가 하늘나라에 가셨다. 어머니의 인생 말년은 행복했다.

어머니는 특별히 카라얀 지휘자를 좋아하셔서 카라얀이 지휘하는 사진을 거실의 C.D. 옆에 걸어 놓고 카라얀의 음악을 즐기셨다. 또한, 고국을 생각하시면서 한국 가곡들을 즐겨 부르셨고 〈Thais: Meditarion(타이스의 명상곡)〉, 〈Sarasate: Zigeunerweisen(사라사데의 지고이나바이젠)〉등의 음악들을 항상 집 안에 틀어 놓으셨다.

또한, 운동도 좋아하셨다. 고등학교 때부터 테니스를 치셨던 어머니는 미국 오셔서 NBA의 프로농구를 즐겨 보셨다. 많은 선수들의 이름을 외우시고 응원하셨고, 종종 손자들과 함께 보는 것을 즐기셨다. 특별히 LA 레이커스팀을 응원하셨다.

바쁜 자녀들에게 부담 주지 않기 위해 혼자서 운동도 열심히 하는 등

건강 관리를 철저히 하셨고, 그 연세에 영어 공부도 열심히 하셨다. 특히 NBC 방송국에서 방영하는 한국의 장학퀴즈 형식의 게임쇼인 제퍼디와 월 오브 포춘(Wheel of Fortune) 퍼즐 게임을 매일 즐기셨다.

부모님

어머니는 막내 재원이가 성공하길 기다리며 자신의 모든 것을 희생했다. 남들의 조롱에도 개의치 않고 힘들게 막내를 미국에 유학 보냈다. 그리고 재원이가 세계적인 작가가 되기를 기대했다.

재원의 작품은 이제 미래엔 출판사에서 출판하는 한국 중학교 미술 교과서에 실리게 되고, 한국인으로서 세계적인 작가가 되었다. 2020년 2월에는 한국의 백남준 갤러리에서 전시했고, 지금도 뉴욕 록펠러 센터(Rockefeller Center)에서 전시하고 있다. 또한, 그곳에서 Rockefeller Jr. 부부와 뉴욕 미술인들 앞에서 작품 설명회도 했다.

나의 나 된 것

문재원/Jaye Moon, 〈오즈의 마법사〉, 2020.
제공: 백남준 아트센터(사진: 박형렬)

이제야 2019년 6월에 천국에 가신 어머니에게 기쁜 소식을 전해 드린다. 어머니는 성공한 삶을 사신 것입니다. 왜냐하면, 우리에게 고난은 오히려 축복이었기 때문입니다.

나는 지금까지 뒤를 돌아보지 않고 앞만 보고 쉼 없이 인생길을 달려왔다. 그리고 그 종착점을 눈앞에 두고 있다. 이제 내가 나에 대한 걱정은 잠시 멈추고, 하루가 다르게 변하는 시대에 살아가는 자녀들과 손주들에게 눈을 돌린다. 자녀들이 고난과 고통을 모르고 살기에, 어머니로서 그리고 할머니로서 체험한 인생의 기록을 여기 남긴다. 부디 후손들에게 이 책이 드넓은 한밤의 컴컴한 바다에서 어둠을 밝히며 길을 안내하는 작은 등대가 되기 바란다.

"내가 나 된 것은 하나님의 은혜로 된 것이니… 오직 나와 함께 하신 하나님의 은혜로라"(고전 15:10)

삼 세대가 함께, 할머니·남편과 나·세 자녀들

나의 나 된 것

반드시 사람이어야 할 필요를 느끼지 못한다. '기둥(a pillow)'이라 불려도 넉넉하다. 내게는 말이다. 이에 대한 설명은 필요 없다. 내 삶이었기에 말이다. 그것도 내가 한껏 지탱해 온 삶 말이다. 독자에게는 이 같은 삶의 경험을 전혀 추천하지 않는다. 고난 없이 고난으로 말미암는 열매들을 수확하기 바란다. 열 하고도 다섯의 기둥들. 이들의 붙들림에 붙들려, 이 끌림에 이끌려 어느새 여기까지 왔다.

기둥 1. "내게는 낯설기만 했던 고난이 내게, 가정에 들이닥쳤다. 그것도 아무 예고도 없이. 적어도 내게는 말이다. 그 순간, 고난은 나를 당황하게 했다. 슬프게 했다. 울게 했다. 익숙지 않은 고난이란 옷은 내게 전혀 맞지 않았다."

"Hardships that were unfamiliar to me came upon me and my family. And without any warning. At least for me. At that moment, the hardship caught me off guard. It made me sad. made me cry. The unfamiliar clothes of hardship did not fit me at all."

– '책머리에' 중에서

기둥 2. "내가 고난의 옷을 안간힘을 다해 벗어서 저 멀리 던지려 했다면 나는 분명코 실패했을 것이다. 그리고 고난은 내 옆에서

언제까지나 서성대다 다시 나를 찾아올 것이다. 더 강력하고 파
괴적으로."

"If I had tried to take off the clothes of suffering and throw them
far away, I would have definitely failed. And suffering will always
hang around next to me and come back to find me. More powerful
and destructive."

– '책머리에' 중에서

기둥 3. "고난을 친구 삼아 고난에 익숙하게 살아가던 어느 날, 고
난이 내 눈을 뜨게 했다. 나를 치료하기 시작했다. 고난을 통해 나
를 찾아온 예수님을 받아들이며 '나의 나 됨'의 여행이 시작됐다."

"One day, when I was accustomed to suffering and suffering as my
friend, suffering opened my eyes. It started to heal me. The journey
of 'becoming myself' began when I accepted Jesus, who came to
me through suffering."

– '책머리에' 중에서

기둥 4. "나는 '슬픈 결혼식'에서 피아노 반주를 했다. 대학을 졸
업한 신세계 남자 직원과 대학생 아르바이트 여대생의 결혼이었
다. 결혼식에 신부와 신랑 두 가정의 부모님들이 모두 참석하지
않았다. 슬픈 결혼식이었다. 그렇지만 나는 그들을 위해 〈결혼행
진곡〉을 치며 이들의 앞날이 행복하기를 간절히 소원했다."

"I played piano accompaniment in a 'sad wedding'. It was a mar-

나의 나 된 것

riage between a male Shinsegae employee who graduated from college and a female college student working part-time. However, the parents of both the bride and groom did not attend the wedding. It was a sad wedding. However, I played a wedding march for them and sincerely hoped that their future would be happy."

– '6. 백광재 선생님' 중에서

기둥 5. "가진 자가 가진 것을 누리기에, 이에 대한 나의 불편함과 불평은 어울리지 않기에 말이다."

"I can't blame them. Because those who have, enjoy what they have, and my discomfort and complaints about it are not appropriate."

– '7. 복학 1' 중에서

기둥 6. "그때 나의 형편으로는 말도 안 되는 일이었지만, 처음으로 신앙이란 두 글자를 위해 희생이라는 값을 치렀다."

"but for the first time, I paid the price of sacrifice for a word called faith."

– '8. 좋은 곳' 중에서

기둥 7. "하나님이 나를 축복하시기 위해, 내 기도에 응답 주시기 위해 회사 대출을 허락한 것이다!"

"God gave the company loan to bless me and answer my prayers!"

– '13. 기적 둘' 중에서

기둥 8. "'깜짝 놀람'은 하나님의 살아 계심이 현실 세계를 방문했을 때 나타나는 지극히 당연하고 순수한 현상이라 생각했다."

"The 'Surprise' was was an extremely natural and pure phenomenon that appears when God's living presence visits the real world."

– '13. 기적 둘' 중에서

기둥 9. "나는 교통비가 없으면 걸어서 가고, 먹을 것이 없으면 굶었지만, 이 같은 어려움에 비해 내가 받은 축복이 너무나 컸다."

"If I didn't have money for transportation, I would walk, and if I didn't have anything to eat, I would starve, but the blessings I received were so great compared to these hardships."

– '18. 재입학: 기적 넷' 중에서

기둥 10. "내가 어머니를 세상의 그 무엇보다, 그 누구보다 사랑하지만, 어머니를 포함한 그 누구도 내 주인 위에 있을 수 없었다. 어머니에게는 미안했다. 그러나 어머니도 언젠가 예수님을 영접하면 지금의 나를 이해할 것이다."

"I love my mother more than anything in the world. However anyone, including my mother, couldn'tbe above my master. I felt sorry for my mother. But, I am sure that if my mother accepts Jesus someday, she will understand who I am and what I am doing now."

– '19. 최선근 학생처장님과 만남' 중에서

기둥 11. "부끄러움은 내게 사치에 불과했다."

"Shame was just a luxury for me."

– '21. 졸업과 피아노 학원' 중에서

기둥 12. "하나님을 향해 눈물을 흘리는 자만이 사람 앞에서 미소 지을 수 있지 않을까?"

"Wouldn't only those who shed tears toward God be able to smiling in front of others?"

– '22. 잭슨 미시시피' 중에서

기둥 13. "나의 절실함이 사람에게가 아닌 하나님께 읽힐 수 있도록 하나님 전에서 애통해했다."

"I mourned before God so that my desperation could be read by God, not by people."

– '22. 잭슨 미시시피' 중에서

기둥 14. "만일 내가 사람 앞에 나의 문제들을 털어놓고 도움을 청하였다면 그때뿐이고 결국은 그것이 나의 약점으로 남았을 것이다."

"If I had told people about my problems and asked for help, it would have been the only time and it would have remained my weakness in the end."

– '22. 잭슨 미시시피' 중에서

기둥 15. "간증하는 이들이 왜 그토록 진지한 얼굴들을 하는지, 그들의 목소리는 왜 가냘프게 떨리는지 우리는 모두 알고도 남았다. 그들의 간증은 모두 진실이었기에, 눈물을 동반했기에 살아 움직였다. 듣는 이들의 가슴에, 영혼에 커다란 울림이 됐다."

"We all know why those testifying have such serious faces and why their voices tremble slightly. Their testimonies were all true, and they came alive because they were accompanied by tears. It resonated greatly in the hearts and souls of those who listened."

– '29. 워싱턴 사랑의 교회 창립과 사랑토요학교' 중에서

나의 나 된 것